"Avez-vous l'habitude d'espionner les gens ?"

"Non, mais je reconnais que cela peut être très instructif parfois." répondit l'inconnu. On n'a pas tous les jours l'occasion d'assister à de telles cérémonies. Dites-moi, l'heure des sorciers n'est-elle pas à minuit ?"

"Je ne suis pas une sorcière," rétorqua Morgana.

"Cela vaut mieux. Vous ne semblez pas très douée. Cette pierre devrait bouger, n'est-ce pas ?"

"Comment le savez-vous ?"

"Je l'ai lu dans un livre acheté au village."

"Vous êtes sur une propriété privée," lança-t-elle sèchement. "Votre livre ne vous l'a-t-il pas appris ?"

Voici l'été!..
Avec ses journées chaudes et ensoleillées, l'été vous invite à la détente et à l'oubli...
Alors, faites provision de rêve, d'aventure et d'émotions heureuses! Sur la plage, à la campagne ou dans votre jardin, partez avec Harlequin, le temps d'un été, le temps d'un roman!
Chaque mois, 6 nouvelles parutions dans Collection Harlequin et Harlequin Romantique, 4 nouvelles parutions dans Collection Colombine et 2 nouvelles parutions dans Harlequin Séduction.
HF-SUM-R

LA PIERRE DES VOEUX

Sara Craven

PARIS • MONTREAL • NEW YORK • TORONTO

Publié en juin 1983

ISBN 0-373-49337-1

Dépôt légal 2e trimestre 1983
Bibliothèque nationale du Québec et Bibliothèque nationale du Canada.

Imprimé au Québec, Canada—Printed in Canada

1

Le crépuscule tombait rapidement en cette fin d'après-midi d'octobre ; l'obscurité envahissait déjà le salon du Manoir Polzion. Pourtant, aucune des lampes n'avait été allumée, et le feu de bûches mourait dans la cheminée.

Dans sa robe grise à manches longues, Morgana semblait faire partie des ombres. Debout près de la fenêtre, immobile, elle fixait le jardin agité par le vent. Seuls ses poings serrés trahissaient son état de tension.

Dehors, le vent devenait plus violent. Il gémissait entre les cheminées et courbait les arbres. Les tempêtes d'automne étaient chose fréquente sur cette partie exposée de la côte des Cornouailles, mais aujourd'hui, cette plainte désolée fit frissonner la jeune fille. Autrefois, elle aurait tiré les rideaux et serait allée remettre des bûches dans le feu, chassant les sombres pensées d'un geste insouciant, mais pas aujourd'hui... plus jamais, peut-être. Pas dans cette maison.

Morgana se recroquevilla intérieurement à cette idée. Sa vie au Manoir Polzion, la seule qu'elle ait jamais connue, touchait à sa fin ; elle ne savait pas ce qu'elle allait devenir, sans maison, sans qualification professionnelle d'aucune sorte. Après avoir brillamment obtenu son baccalauréat, elle était restée au manoir pour aider ses parents à tenir l'hôtel. Le Manoir

Polzion ne leur avait jamais rapporté suffisamment d'argent pour leur permettre d'engager des employés, à l'exception d'Elsa, qui cuisinait à merveille, dans ses bons jours. D'ailleurs, Elsa travaillait pour eux depuis si longtemps ! Elle faisait partie de la famille.

Cela n'avait jamais été facile, mais Morgana était jeune et forte, elle avait toujours envisagé l'avenir avec confiance... jusqu'au jour où, un mois plus tôt, son univers s'était écroulé.

Sa gorge se serra douloureusement... Son père avait été fatigué toute la semaine ; il se plaignait, presque en s'excusant, d'indigestion. En effet, la cuisine d'Elsa laissait à désirer. Aussi Morgana ne s'était-elle pas inquiétée. Son père faisait très jeune pour son âge ; il nageait régulièrement, jouait au golf et au tennis, il était en parfaite santé... Du moins l'avaient-ils tous cru. Un matin, il s'était effondré, terrassé par une attaque.

Pendant huit jours, sa mère et elle étaient allées le voir à l'hôpital en se réconfortant mutuellement. Les crises cardiaques étaient des problèmes bénins, à présent, cela se soignait très facilement, non, vraiment, cela n'avait rien d'alarmant... Hélas, dans le cas de Martin Pentreath, les médecins n'avaient rien pu faire. Des années de soucis matériels et de dur labeur l'avaient épuisé, cette crise avait eu raison de ses dernières forces.

L'enterrement fut une véritable épreuve. Tous les habitants du village étaient venus. Martin Pentreath n'avait jamais été un bon hôtelier, encore moins un bon homme d'affaires, mais tout le monde l'aimait. Morgana reçut les condoléances de chacun. Si elle arrivait jusqu'au bout sans s'effondrer, se disait-elle, tout irait bien... Comme elle se trompait !

D'autres chocs, d'autres souffrances attendaient Elizabeth Pentreath et sa fille. Le jour de l'ouverture du testament, M. Trevick, le notaire, les accueillit avec un visage plus grave et plus solennel qu'à l'accoutumée.

Comme dans un cauchemar, Morgana entendit les mots « clause spéciale », et « héritier de sexe masculin »... Avec la mort de son père disparaissaient son foyer et son avenir.

... La porte derrière elle s'ouvrit subitement, laissant pénétrer un flot de lumière. Sa mère entra, en proie à une vive agitation.

— C'est affreux, ma chérie ! Je viens de téléphoner chez Marrick pour commander du charbon... La chaudière en manque, Miss Meakins se plaignait encore ce matin de ne pas avoir d'eau assez chaude. Eh bien, une personne tout à fait désagréable m'a répondu : si nous ne versons pas un acompte, ils ne nous livreront plus rien. Te rends-tu compte ?

— Ce n'est pas vraiment étonnant, soupira sa fille. Nous n'avons jamais été très riches, et, à présent, nous n'avons même plus la maison pour...

— Oh Morgana ! gémit Mme Pentreath, ne dis pas des choses pareilles !

— C'est la vérité, répliqua Morgana avec une pointe d'agacement. Le nouveau propriétaire peut nous renvoyer à tout moment. Tu connais les termes de la clause spéciale ; M. Trevick nous les a parfaitement expliqués.

— C'est si injuste ! Et ça ne peut pas être légal, à une époque où tout le monde condamne la discrimination sexuelle !

La jeune fille esquissa un faible sourire.

— Voilà un argument intéressant ! Mais si nous n'avons pas de quoi payer la facture de charbon, je vois mal comment nous pourrons entreprendre une procédure judiciaire longue et coûteuse !

Son regard alla vers le bureau rempli de factures impayées et de quelques reçus, dont celui du club de golf ou son père était inscrit. A l'époque où Martin Pentreath, si gai et si jovial, vivait encore, son irresponsabilité en matière financière paraissait seulement étonnante, voire touchante. A présent, cela prenait les proportions d'un véritable cauchemar.

Elizabeth Pentreath se laissa choir sur un divan.

— Mais c'est trop injuste! protesta-t-elle encore. Cet horrible Giles ne s'est jamais intéressé le moins du monde à Polzion. Je le soupçonne d'avoir entretenu sa querelle avec ton grand-père exprès, pour ne pas avoir à revenir ici ! Il avait juré de ne plus jamais remettre les pieds au manoir en partant.

— Eh bien, il a tenu parole, déclara Morgana avec amertume. A moins qu'il ne revienne hanter la maison... et le nouvel héritier...

Elle vint s'asseoir à côté de sa mère.

— ... Papa ne t'avait-il jamais parlé de cette clause ?

— Oh! si, vaguement, à l'époque où nous nous sommes mariés. Mais il n'avait pas envie d'en discuter, et je n'ai jamais pu connaître les détails. Après ta naissance, il y a refait allusion... Il parlait d'obtenir une annulation légale. Il y a renoncé par manque d'argent, je crois. Tu sais combien il était difficile de l'interroger sur les affaires sérieuses, ma chérie. Surtout lorsqu'il était question de la querelle. Il ne supportait pas d'entendre prononcer le nom de Giles.

— Oui, je le sais bien.

Elle se souvenait comment la moindre allusion au passé mettait son père dans de grandes colères. A force de glaner de menues informations à droite et à gauche, Morgana avait réussi à reconstituer l'histoire en grande partie. La querelle remontait à deux générations. Son aïeul s'était violemment disputé avec son cousin Mark, pour une raison inconnue. A la suite de cela, Mark avait quitté Polzion définitivement. Des années plus tard, son fils, Giles, était venu dans l'espoir de mettre fin à la brouille. Son séjour avait rouvert d'anciennes plaies, attisé les rancunes; à son tour il était reparti.

Des générations de Pentreath s'étaient succédé à Polzion. Les ancêtres de Morgana avaient cultivé la terre, exploité le sous-sol, riche en fer et en cuivre, et avaient bâti le manoir, symbole de leur réussite. Mais l'épuisement des minerais avait entraîné la fin de leur richesse. Toutes les terres avaient été vendues peu à peu, à l'exception du jardin qui entourait la maison. La ferme elle-même, à laquelle son grand-père tenait tant, avait cessé d'appartenir aux Pentreath.

A la mort de son père, Martin Pentreath avait décidé de convertir la demeure familiale en hôtel. L'isolement du manoir et le manque d'intérêt touristique de la région ne l'avait pas dissuadé de son projet…

— Si grand-père avait su que le petit-fils de Mark hériterait un jour de la maison ! soupira Morgana.

— Peut-être n'en voudra-t-il pas, suggéra sa mère avec espoir. Peut-être renoncera-t-il à bénéficier de cette clause ?

— Qu'il la veuille ou non, elle lui appartient désormais. Si seulement j'étais un garçon ou lui une fille ! Cela résoudrait tant de problèmes ! Nous ne serions pas là à attendre d'être chassées de chez nous par un parfait inconnu. D'ailleurs, nous aurions mieux fait de prendre nos valises et de partir avant d'y être obligées !

— Voyons, ma chérie, comment l'aurions-nous pu ? Nous devons penser à nos clients tout de même !

— Miss Meakins et le major Lawson ! s'exclama la jeune fille, sarcastique. Ce n'est vraiment pas une foule !

— Nous ne sommes pas en pleine saison touristique ! se défendit Mme Pentreath.

Morgana poussa un long soupir.

— Même en plein cœur de l'été, l'hôtel n'a jamais connu l'affluence. Les vacanciers aiment à avoir de l'eau chaude, une piscine et des repas dont la qualité ne dépende pas de l'humeur de la cuisinière !

— Elsa est un cordon bleu !

— Certes ! Lorsque les astres sont favorables ou quand le marc de café annonce des jours fastes, ou encore quand elle ne trouve pas de présages de drames et de catastrophes dans les cartes !

— Que veux-tu, elle a un don de double vue.

— Hum ! Si elle avait pu prévoir les grands froids de l'hiver dernier, les tuyaux d'eau n'auraient peut-être pas éclaté !

— Allons, ma chérie, cesse de broyer du noir ! Mais aussi, pourquoi restes-tu dans cette pièce sans lumière et sans chauffage ? C'est sinistre ! Pourquoi n'as-tu pas remis des bûches dans le feu ? Il est presque éteint !

Mme Pentreath se leva et alla attiser les braises.

— *Son* électricité, *ses* bûches... Peut-être ne devrions-nous pas les gaspiller ! grommela Morgana.

— Aucun Pentreath n'interdirait jamais à sa propre famille de se chauffer ! protesta sa mère.

— Il est un étranger pour nous. Nous ne savons rien de lui, sauf son nom... et le fait qu'il était trop pris par ses affaires en Amérique pour assister à l'enterrement de papa ! lança la jeune fille d'une voix soudain étranglée. Et depuis, rien, pas un mot ! Tout juste trois lignes de ses avocats pour nous annoncer son arrivée aujourd'hui !

— Ils ont dû se tromper, ne crois-tu pas ? Il fait déjà presque nuit et il était censé arriver ce matin.

Les flammes s'étaient remises à crépiter dans l'âtre. Elizabeth Pentreath se redressa et se tourna vers sa fille.

— Sa voiture est peut-être en panne, suggéra celle-ci. Ou alors quelqu'un aura détourné le panneau de signalisation. Dans ce cas, il a dû rouler tout droit dans la mer !

— Morgana ! s'écria sa mère, épouvantée. Tu ne dois pas dire des choses pareilles ! Tu ne dois même pas les penser ! Je devrais peut-être téléphoner à la ferme, organiser des recherches ?

— C'est inutile, il viendra. Les malheurs finissent toujours par arriver !

— Tu ne t'inquiètes donc pas ?

— Sincèrement, non. Pourquoi devrais-je me faire du souci pour lui ? Ce... Ce Laurent Pentreath est un inconnu, un intrus. Il se moque de Polzion, il n'est sûrement jamais venu dans les Cornouailles. Il nous connaît uniquement par les dires de son père et de son grand-père, et ils lui ont certainement raconté des mensonges. Les deux branches de la famille ne se sont jamais aimées. Il vient ici seulement pour prendre possession de son héritage. Nos sentiments ne compteront pas pour lui !

— Tu ne peux pas parler ainsi, mon petit. Tu ne le connais même pas !

— Justement ! C'est bien là le problème ! Ni toi ni moi ne le connaissons, et il ne nous connaît pas non plus. Etant donné les circonstances, il aurait pu faire un effort, ne crois-tu pas ?

— Il est dans une position difficile, plaida Mme Pentreath.

— Et nous non ? Nous perdons tout et il hérite ! A mon sens, il aurait dû prendre contact avec nous. Depuis longtemps. Et puisqu'il ne l'a pas fait, c'est un lâche !

— Morgana, tu te contredis ! D'abord tu lui reproches sa venue et aussitôt après, tu te plains de ce qu'il ne soit pas arrivé depuis plusieurs jours !

— Non pas des jours mais des semaines, des mois, des années ! Il aurait dû venir quand papa était en vie. Nous aurions pu discuter alors, procéder à des arrangements, peut-être. Maman, qu'allons-nous devenir ? Te rends-tu compte ? Il peut nous demander de partir immédiatement !

— Je n'arrive pas à croire à une chose pareille, protesta sa mère, visiblement inquiète.

Morgana lui jeta un coup d'œil mi-compatissant, mi-excédé. Elizabeth Pentreath avait mené une vie très protégée en dépit du manque d'argent. Son mari l'avait tendrement choyée. Comment affronterait-elle leur nouvelle vie ?

Avec un air résolu, sa mère se leva et fit le tour de la pièce en allumant les lampes. On utilisait rarement le grand lustre du plafond. D'une part cela aurait coûté trop cher, et d'autre part, une lumière feutrée dissimulait mieux l'usure des tapis et des meubles. Cette pièce servait de salon aux clients à l'heure du thé et après le dîner : « ce qui est assez bon pour nous est assez bon pour eux ! », avait coutume d'affirmer Martin Pentreath. Morgana n'avait jamais partagé ce point de vue : la famille, pensait-elle, aurait dû disposer d'un salon particulier et abandonner complètement celui-ci aux clients de l'hôtel, pour leur permettre de discuter librement entre eux, sans être gênés par la présence des propriétaires du lieu.

Miss Meakins pouvait bien verser quelques larmes sentimentales à la mémoire de l'hôtelier, elle n'en était pas moins devenue très volubile depuis la disparition de celui-ci et se plaignait de plus en plus ouvertement du manque de confort. Oh ! bien sûr, la plupart de ses critiques étaient justifiées ! Mais ayant été attirée par les prix compétitifs du Manoir Polzion, elle ne pouvait tout de même pas exiger d'y jouir des mêmes avantages qu'ailleurs.

La jeune fille gémit intérieurement en pensant à la conversation téléphonique de sa mère avec le marchand de charbon. Celui-ci serait certainement le premier d'une longue liste... En attendant, privée de carburant, la vieille chaudière allait bientôt s'arrêter. Et même une nouvelle réduction de leurs « prix très intéressants » ne convaincrait pas les clients de se laver à l'eau froide. Ils partiraient, les privant toutes deux de leurs dernières sources de revenus.

D'ailleurs, il était inutile de se tourmenter à ce sujet, elles seraient de toute façon dépossédées par l'arrivée de Laurent Pentreath. Comment avait-il réagi en apprenant la transformation de la demeure familiale en petit hôtel de campagne ? se demanda-t-elle. Par le mépris ? Probablement. La colère ? Sans aucun doute. Peut-être Miss Meakins et le major Lawson devraient-ils eux aussi plier bagage par cette froide soirée d'octobre...

Non, sa mère avait raison, le nouveau propriétaire n'arriverait plus, à cette heure-ci. Il serait là demain matin, pour pouvoir examiner son héritage au grand jour.

— Je vais voir où en est la préparation du thé, annonça-t-elle brusquement. Il est déjà tard !

— Elsa a dû retarder l'heure pour attendre ton cousin, ma chérie.

Son cousin ! Les poings rageusement crispés, Mcrgana sortit de la pièce. Un courant d'air glacial traversait le couloir. Heureusement, la cuisine était bien chaude, grâce à la vieille cuisinière... à charbon, elle aussi, se souvint-elle amèrement. Elsa, dans ses bons jours, y avait préparé des repas exquis.

De quelle humeur était-elle aujourd'hui ? C'était impossible à deviner. Le petit déjeuner et le déjeuner avaient été passables, mais pour l'instant, Elsa n'avait pas encore commencé les préparatifs du dîner. Assise à la table de la cuisine, elle contemplait fixement un jeu de cartes usées, étalé devant elle.

— Entre, ma fille, et ferme la porte, dit-elle distraitement, sans même lever les yeux.

Malgré elle, Morgana jeta un coup d'œil curieux aux cartes.

— As-tu pensé au thé ? s'enquit-elle.

— Tout est prêt ; la bouilloire est sur le feu.

C'était une femme d'une cinquantaine d'années, ronde et grisonnante. Elle avait coutume d'orner sa chevelure avec une incroyable sélection de barrettes en plastique, de toutes les formes et de toutes les couleurs. Ce jour-là, les papillons verts et les caniches roses étaient à l'honneur. Ils offraient un contraste frappant avec son grand tablier bleu, épinglé sur sa poitrine imposante.

— J'ai préparé des beignets et un gâteau, annonça-t-elle d'un air sombre.

— Ils ont l'air délicieux.

Elsa renifla avec mépris.

— Il ne faut pas se fier aux apparences ! décréta-t-elle. Ils sont tristes, comme cette maison est triste, comme ces cartes sont tristes !... Peine et misère, chagrin et souffrances, ma fille. C'est écrit dans les cartes... Et un homme blond, ajouta-t-elle après un bref silence.

— Eh bien, c'est déjà ça ! répliqua gaiement Morgana. Au moins, ce ne sera pas ce cher Laurent ! Les Pentreath sont tous bruns.

— C'est possible, déclara dignement Elsa, mais je ne vois pas d'homme brun dans ta vie, ma fille !

— Dans ce cas, peut-être est-il vraiment tombé au pied de la falaise !... Fais le thé, veux-tu ? Je vais préparer le plateau.

Quel que soit leur secret tourment, ces beignets avaient l'air exquis, songea-t-elle en souriant intérieurement. Et le pain d'épice, spécialité d'Elsa, était doré à souhait.

— A propos du dîner... commença-t-elle prudemment.

— Le boucher a envoyé un curieux morceau de viande, grogna Elsa en s'affairant à ses fourneaux. Il appelle ça du bœuf, mais pour moi, ça ressemblerait plutôt à du cuir !

Morgana fit la grimace.

— Si tu en faisais un pot-au-feu ? Il serait peut-être plus tendre ?

— J'y réfléchirai. Je n'ai pas besoin qu'une gamine vienne m'apprendre mon travail dans ma propre cuisine !

— Oh non, Elsa ! Bien sûr !

Pour la première fois depuis longtemps, le sourire de la jeune fille se fit malicieux.

— Voilà qui est mieux ! approuva la cuisinière. A présent, va vite te changer, avant l'arrivée du jeune homme.

— Il n'en est pas question ! Ma tenue est parfaitement convenable ! J'ai porté cette robe à l'enterrement de papa.

— Hum ! Ce vieux chiffon ferait bien d'aller à son propre enterrement ! Enfin, à ta guise ! Je me demande bien pourquoi tu t'habilles avec si peu de soin. Tu n'es pas trop laide, quand tu fais des efforts.

Morgana éclata de rire.

— N'en dis pas plus, Elsa, tu vas me tourner la tête avec tous ces compliments !

La brave servante se radoucit.

— Cela m'étonnerait bien ! Tu n'es pas une petite vaniteuse comme d'autres le sont !

Morgana sortit de la cuisine en dissimulant un sourire : elle savait parfaitement à qui Elsa faisait allusion. Elle avait fait la connaissance de Robert et Elaine Donleven lorsque les parents de ceux-ci avaient acheté la ferme. Le frère et la sœur avaient mis sur pied une école d'équitation. Morgana s'était très vite liée d'amitié avec Robert, et ils avaient pris l'habitude de sortir fréquemment ensemble. Mais la jeune fille n'était pas loin de partager l'antipathie d'Elsa pour Elaine, sans vraiment savoir pourquoi. Peut-être celle-ci insistait-elle trop sur le fossé qui sépare les gens obligés de travailler de ceux assez riches pour consacrer leur vie au plaisir. Pour elle, en effet, l'école d'équitation était un passe-temps et non un moyen de gagner sa vie.

Robert, lui, était tout à fait différent. C'était un compagnon doux et attentionné. Morgana éprouvait pour lui une grande affection, et avec tout le temps, pensait-elle, ses sentiments pourraient bien devenir plus profonds.

Depuis la mort de son père, le jeune homme s'était montré plus prévenant encore. Il lui téléphonait tous les jours et lui envoyait des fleurs. Morgana en avait été touchée, et pour tout dire, soulagée : les Donleven avaient toujours été charmants avec elle, mais malgré cela, ils pensaient manifestement qu'une fille d'hôtelier n'était pas un bon parti pour leur fils. La disparition de M. Pentreath la laissant sans ressources et sans foyer, elle s'était demandé s'ils n'essaieraient pas de persuader Robert d'interrompre toute relation avec elle.

Si c'était bien le cas, ils avaient échoué. Elle sourit en pensant à Robert. C'était un beau jeune homme, aux traits réguliers, aux yeux bleus et aux cheveux blonds. C'était sûrement l'homme blond annoncé par Lisa !

Le sourire de Morgana s'effaça quand elle entra au salon et croisa le regard de Miss Meakins, assise très droite au bord de sa chaise, agrippant la poignée de son sac à main comme un naufragé s'accrocherait à sa bouée de sauvetage. Miss Meakins était âgée et bien gentille. Morgana éprouvait une certaine compassion pour elle. Mais elle trouvait pénible sa manie de ne pas vouloir déranger. « Sans vous ennuyer... » et « Je ne sais si je puis... » commençaient invariablement toutes ses phrases.

— Savez-vous où sont les autres, Miss Meakins ? s'enquit-elle.

— Le major Lawson sort généralement se promener un moment avant le thé, répondit celle-ci d'un air guindé.

Le major était un homme énigmatique. Il se montrait toujours parfaitement courtois, portait des vêtements un peu défraîchis mais très bien coupés et était arrivé avec une luxueuse valise de cuir. Lorsqu'on l'interrogeait sur l'armée, il répondait brièvement, en ce cantonnant à des généralités. C'était un solitaire. Les battements de cils de Miss Meakins l'avaient laissé entièrement indifférent. Il aimait se promener, et passait de longues heures dans sa chambre, à taper sur une petite machine à écrire portative. Il se montrait très discret sur cette occupation. Les Pentreath n'en auraient probablement jamais rien su si Miss Meakins ne s'était pas plainte un jour. « Sans vouloir vous importuner, ma chère madame Pentreath, ce bruit incessant... »

Ses yeux brillaient de curiosité tandis qu'elle exposait la gêne causée par son voisin immédiat. Malheureusement pour elle, le major Lawson n'avait pas jugé utile de fournir des explications sur ses occupations et aucun des Pentreath ne lui avait posé de questions. On l'avait simplement installé dans une autre chambre à l'opposé de la première, au grand désespoir de Miss Meakins, soupçonnait Morgana.

Subitement, la jeune fille décida de sortir. Elle avait besoin de respirer l'air frais du dehors, et surtout, d'être seule. Elle n'avait pas connu un instant de solitude depuis la mort de son père et elle aspirait à réfléchir tranquillement, sans être dérangée.

En sortant du salon, elle croisa sa mère et lui sourit.

— Je sors un moment, annonça-t-elle.

— Entendu, ma chérie.

Dans le hall, elle s'enveloppa de sa vieille cape d'écolière et rabattit le capuchon sur la masse mousseuse de ses cheveux bruns. Au moment où elle ouvrait la porte, le téléphone sonna.

— Hôtel Polzion, dit-elle d'un ton bref en décrochant.

C'était Robert.

— Bonsoir, Morgana. Je voulais prendre des nouvelles. Cela s'est-il bien passé ? Comment est-il ?

— Je n'en ai pas la moindre idée : il n'est pas venu.

— Vraiment ? C'est assez cavalier de sa part ! N'a-t-il pas envoyé de message ?

— Non, rien. Nous n'avons aucune nouvelle.
— Peut-être a-t-il eu un accident ?
— Nous y avons pensé, répliqua Morgana en riant. En ce moment-même, il est peut-être en train de rendre le dernier soupir au pied de la falaise !
— Quelle petite sauvage vous êtes !
Elle rit encore.
— J'allais juste sortir me promener quand vous avez appelé, annonça-t-elle.
— Vous ne viendriez pas à la ferme, par hasard ? suggéra-t-il sur un ton d'espoir.
— En fait, non, soupira-t-elle. J'ai besoin d'être seule. Vous me comprenez, Robert, n'est-ce pas ?
— J'essaierai, en tout cas. Peut-être pourrais-je passer vous prendre un peu plus tard et vous emmener boire un verre quelque part ?
— C'est une excellente idée. A tout à l'heure !
Morgana raccrocha pensivement. C'était étrange, elle n'avait pas pensé une seconde à aller le trouver. Pourtant, il était gentil, il faisait de son mieux pour l'aider et il prenait tous ses problèmes à cœur... Elle haussa les épaules. Elle avait déjà bien assez de préoccupations !
Courbée pour se protéger du vent, elle traversa le jardin, sa lampe électrique à la main. Elle savait brusquement où elle voulait aller. Elle avait besoin des grands espaces de la lande, de ce paysage désertique torturé de vent. D'un pas résolu, elle gravit le sentier jusqu'au rocher.
C'était un rocher tout à fait curieux, formé d'une colonne de granit sur laquelle était posée une lourde pierre plate. Dans les guides touristiques, on le présentait comme « la table du géant ». Mais les habitants de la région l'appelaient « le rocher aux vœux ». Une légende s'y attachait : il fallait poser la main sur la pierre, formuler un vœu, puis faire trois fois le tour du rocher. Si le souhait devait être exaucé, la pierre plate

oscillait doucement sur son socle. Le reste du temps, bien entendu, le bloc était censé rester parfaitement immobile. Mais, soupçonnait parfois Morgana, peut-être une petite poussée de la main était-elle pour quelque chose dans ces miracles ?...

Quoi qu'il en soit, le rocher était là depuis la nuit des temps, ayant survécu aux graffiti des amoureux et aux pique-niqueurs du dimanche.

Une bourrasque rejeta subitement sa capuche en arrière et ses cheveux fins auréolèrent son visage. La jeune fille respira avidement l'air vif. Elle était heureuse ainsi, fouettée par le vent salé de la mer.

Lorsqu'elle atteignit enfin le rocher, elle était hors d'haleine. Elle s'adossa au granit froid pour reprendre son souffle. Au loin, on apercevait les lumières du manoir et, plus à droite, celles de la ferme. D'ici, le village niché au pied des falaises était invisible. « C'est peut-être la dernière fois, songea-t-elle. La dernière fois que je me tiens ici... » Instinctivement, elle posa la main sur la pierre. Ce n'était pas possible ! C'était son foyer, sa terre, elle refusait de l'abandonner à un étranger !

Tranquillement, mais à voix haute puisque c'était la règle, elle dit :

— Je souhaite qu'il ne vienne jamais. Je souhaite qu'il renonce à son héritage et que nous ne nous rencontrions jamais !

Puis, lentement, prudemment, elle fit le tour du rocher. Sa longe cape battait ses jambes. Un tour... Deux... Trois. Morgana plissa les yeux pour mieux voir dans l'obscurité, guettant la pierre.

La jeune fille n'avait jamais vraiment cru au pouvoir du rocher aux vœux. C'était une superstition locale, affirmait-elle en riant. Mais aujourd'hui, elle souhaitait de toutes ses forces que la légende dise vrai.

La pierre resta immobile, implacable. Morgana eut

envie de se jeter sur le sol et le marteler la terre de ses poings et de ses pieds.

— Oh ! Pourquoi n'as-tu pas bougé ? s'écria-t-elle désespérée.

A ce moment-là, juste derrière elle, une voix d'homme retentit.

— Peut-être n'avez-vous pas utilisé le bon sortilège. Ou peut-être n'était-ce pas le bon vœu.

Morgana fit volte-face en portant une main à sa face pour étouffer un cri. Le rayon puissant d'une torche électrique la cloua sur place.

2

Le cœur battant à tout rompre, Morgana redressa bravement la tête. Elle ne reconnaissait pas cette voix, au timbre grave et teintée d'un léger accent étranger. Aveuglée par la lumière violente, elle ne parvenait pas à discerner ses traits. Il paraissait grand.

Comment ne l'avait-elle pas entendu arriver ? Le bruit du vent l'en avait empêchée, sans doute. Et surtout son extrême concentration. Manifestement, l'inconnu avait assisté à toute la scène. Elle se sentit rougir de confusion et de colère. Tapi dans les fougères, il l'avait espionnée. Il s'était délibérément abstenu d'allumer sa torche ou de lui signaler sa présence pour pouvoir la voir se ridiculiser !

— Aimez-vous espionner les gens ? lança-t-elle d'un ton cinglant.

— Pas particulièrement. Cependant, je reconnais que cela peut être très instructif parfois. Et on n'a pas tous les jours l'occasion d'assister à de telles cérémonies. Mais n'est-ce pas un peu tôt dans la soirée ? L'heure des sorciers n'est-elle pas minuit ?

Son ironie marquée la piqua au vif.

— Je ne suis pas une sorcière, déclara-t-elle.

— Cela vaut mieux ! répliqua-t-il en éclatant de rire. Vous ne semblez vraiment pas douée ! Cette pierre devrait bouger, n'est-ce pas ?

— Comment le savez-vous ?
— Je l'ai vu dans un livre que j'ai acheté au village. Pensiez-vous donc qu'il s'agissait d'un secret bien gardé ?
— Non, voyons, certainement pas !
Morgana se remettait mal de sa frayeur et de sa colère. Et elle ne supportait pas d'avoir cette torche braquée sur elle.
— Vous êtes sur une propriété privée, l'informa-t-elle sèchement. Votre fameux livre ne vous l'a-t-il pas appris ?
En réalité, personne au Manoir Polzion n'aurait jamais pensé à interdire à quiconque l'accès du rocher. Mais cet individu la mettait hors d'elle. Elle voulait le rabaisser à son tour. Quel odieux comportement ! Non seulement il l'avait épiée, mais il l'humiliait maintenant en se moquant d'elle !
— Vraiment ? Et que dira le propriétaire, à votre avis ?
— Nous n'aimons pas les intrus, par ici !
— Les habitants des Cornouailles sont pourtant réputés pour leur sens de l'hospitalité. Quant à l'intrusion, j'étais ici avant vous, en fait. Je m'étais reculé pour mieux voir le rocher quand vous avez surgi de Dieu sait où et vous êtes mise à entonner vos incantations.
— J'avais toutes les raisons de me croire seule, rétorqua-t-elle. A présent, pourriez-vous éteindre cette maudite torche ?... Si vous en avez terminé avec votre inspection, bien entendu !
La torche resta allumée.
— Dites-moi une chose : êtes-vous toujours aussi agressive ? Même avec cette cape bizarre et vos cheveux sur le visage, vous êtes jolie. Ce n'est sûrement pas la première fois qu'un homme vous regarde, tout de même ?
— Oh non, bien sûr ! Mais jusqu'à présent, j'ai

toujours pu les regarder moi aussi. Cette situation est un peu trop inégale pour mon goût.

— Il est facile d'y remédier.

La lampe changea de direction aussitôt. Morgana découvrit un homme grand au visage mince. Il avait les pommettes hautes, un nez busqué, une bouche et un menton fermes. Et ses cheveux étaient très blonds, plus encore que ceux de Robert.

Un homme blond ! s'exclama-t-elle intérieurement. Mais ce ne pouvait pas... Ce n'était pas possible ! Comme s'il avait lu dans ses pensées, l'homme sourit.

— Vous semblez avoir vu un fantôme !...

Elle eut envie de demander : « qui êtes-vous ? » Mais les mots ne sortaient pas. La lampe s'éteignit, et l'obscurité revint sur la lande balayée par le vent.

— ... Peut-être est-ce le cas, d'ailleurs, ajouta-t-il dans un murmure.

Il s'avançait vers elle. Involontairement, Morgana recula en levant les bras devant elle pour se protéger. Soudain, elle trébucha sur une motte de terre et tomba brutalement en arrière.

— Grands dieux !...

Il ralluma sa lampe et la braqua sur la jeune fille humiliée, roulée en boule sur le sol. Puis il se pencha et la remit sur ses pieds sans ménagement.

— ... Vous êtes-vous fait mal ? Etes-vous blessée ? demanda-t-il rudement.

— Je vais très bien, affirma-t-elle.

Elle s'était tordu une cheville dans sa chute et cela la faisait souffrir. Mais pour rien au monde elle ne l'aurait avoué. Il aurait bien pu la prendre dans ses bras comme une enfant ! Elle tenait à éviter tout contact avec lui.

— Je ne voulais pas vous faire peur en vous parlant de fantômes ! lança-t-il. Vous n'aviez pas besoin de vous enfuir ainsi ! Je me demandais simplement si je ne vous rappelais pas quelqu'un.

Si elle avait voulu être sincère, Morgana aurait pu lui

répondre : « Vous me rappelez de nombreuses personnes ! Vous me rappelez la moitié des tableaux accrochés dans la galerie du haut, à la maison. Simplement, ils sont bruns et vous êtes blond. » Mais elle resta silencieuse. Après tout, elle avait encore une toute petite chance de se tromper. Oh ! Si seulement elle pouvait se tromper !

— Eh bien ? insista-t-il.

Elle haussa les épaules.

— Je ne passe pas mon temps à chercher des ressemblances hasardeuses chez tous les touristes !

— Je ne parlais pas de hasard, et, à mon avis, vous le savez pertinemment.

Il lui saisit brutalement le bras.

— Lâchez-moi immédiatement ! gronda-t-elle, les dents serrées.

— Pas avant de vous avoir posé quelques questions. Premièrement comment vous appelez-vous ?

— Si c'est une nouvelle façon d'aborder les jeunes filles, elle ne m'impressionne pas du tout !

— J'ai bien envie de vous impressionner d'une tout autre façon, articula-t-il très lentement.

A nouveau, il dirigea le rayon de lumière sur son visage et lui saisit le menton. Morgana n'était pas sûre de pouvoir lui échapper ; elle resta immobile, le visage impassible.

— Je suis Laurent Pentreath, dit-il enfin. Et si je ne m'abuse, vous êtes ma cousine Morgana.

— Brillante déduction ! le félicita-t-elle d'une voix rauque. Et qu'allons-nous faire maintenant ? Nous serrer la main ?

— Il est trop tard pour cela.

— Nous vous attendions ce matin.

— J'ai été retenu.

Il la lâcha et recula légèrement. Morgana poussa un petit soupir de soulagement.

— Encore vos affaires, sans doute ? lança-t-elle d'une voix mordante.

— En quelque sorte, oui.

— Et naturellement, vous ne vous êtes pas dit une minute que ma mère et moi allions vous attendre, que nous risquions de nous inquiéter ?

— Sincèrement, non...

Une allumette craqua. Il protégea la flamme dans sa main et alluma un cigare. Sa bouche avait un pli ironique.

— Je ne pensais pas à être un visiteur très attendu à l'hôtel du Manoir Polzion !

Morgana perçut une certaine dureté dans sa voix.

— Vous n'appréciez pas de voir la maison familiale transformée en entreprise commerciale ? Pourtant, étant vous-même un homme d'affaires, vous devriez être ravi au contraire !

— Personnellement, je ne qualifierais pas cette entreprise de « commerciale », riposta-t-il.

La jeune fille réfléchit fébrilement. Loin de se désintéresser de son héritage, il paraissait très, trop bien informé. Où s'était-il renseigné ? Avait-il passé la journée à poser des questions au village ? Sa gorge se serra en imaginant certaines des réponses qu'il avait dû obtenir. Mais elle se trompait sans doute. Ses avocats et M. Trevick l'avaient sûrement mis au courant de tout.

Elle décida de se montrer prudente.

— Nous ne sommes pas le Hilton, je le reconnais, mais nos affaires ne marchent pas trop mal.

— Ah vraiment ? Vous semblez être la seule à avoir cette opinion. A ce qu'on m'a dit, l'hôtel doit de l'argent à de nombreux créanciers.

Morgana se sentit mortifiée, mais elle se força à répondre calmement.

— Oui... C'est vrai, malheureusement. L'année a été difficile.

— Si on ne m'a pas trompé, vous avez connu une longue succession d'années difficiles.

— Si vous voulez, oui, admit-elle, en proie à une rage sourde.

— Je n'y tiens pas, croyez-moi ! Après tout... Un hôtel situé dans un cadre pareil... Je ne comprends pas pourquoi c'est un échec.

— Au cours de votre enquête, vous avez sans doute remarqué que Polzion n'est pas exactement la Côte d'Azur, ironisa la jeune fille. Je suis navrée si nous vous décevons ; vous aurez sans doute tout loisir d'en découvrir les causes.

— Malheureusement, je ne dispose pas de tant de loisirs. Je vais aller au manoir faire la connaissance de votre mère à présent. Venez-vous avec moi ou avez-vous encore quelques sorts à jeter ?

— Je vous accompagne.

Elle se sentait glacée jusqu'aux os et au bord de la nausée, tout à coup.

— Tant mieux ! Je n'avais pas envie d'être transformé en grenouille sitôt le dos tourné !

— Dans votre cas, un loup me paraîtrait plus approprié !

— Si nous jouons aux animaux, j'en connais un ou deux qui vous siéraient à merveille, répondit-il aimablement.

Morgana s'empourpra vivement. Sans plus attendre, elle tourna les talons et se mit à dévaler la colline. Elle ne se souciait pas de savoir s'il la suivait ou non. Une fois arrivée sur la route, elle continua sans ralentir. Lui-même ne faisait aucun effort pour la rejoindre. Sans doute n'avait-il aucune envie de parler, lui non plus.

Elle ouvrit la porte d'entrée du manoir et s'avança dans le hall. Sa mère raccrochait tout juste le téléphone.

— C'était M. Trevick, ma chérie. Le jeune Pentreath est allé lui rendre visite ce matin. Où a-t-il bien pu passer, à ton avis ?

— Ici, répliqua-t-elle d'une voix lugubre.

Et elle s'effaça pour le laisser entrer. Laurent Pentreath franchit la porte et apparut en pleine lumière. Il était effectivement grand et très blond. Le hâle de sa peau accentuait les lignes aiguës de son nez et de sa bouche. Ses yeux étaient d'un bleu étonnant. Il portait un blouson de cuir noir sur un pull de la même couleur et un pantalon gris clair soulignait ses hanches minces et ses longues jambes.

— Ooooh ! soupira Mme Pentreath, désemparée.

— Ce moment est difficile pour nous tous, madame, dit calmement Laurent. Je le regrette sincèrement. J'aurais préféré faire votre connaissance en d'autres circonstances.

Il ne manquait pas de charme, songea Morgana à contrecœur en voyant sa mère rosir de plaisir. Et il savait s'en servir ! Elle le toisa du regard, le haïssant pour son aisance, pour son élégance, pour les intonations nonchalantes de sa voix. Tout en lui révélait un homme d'un autre monde, d'un autre milieu. Il n'avait jamais dû connaître le dur labeur, les heures de travail harassant. Et elle le méprisait pour cela.

Séducteur ! pensa-t-elle. Joli-cœur ! Roméo !

— Voulez-vous venir au salon ? l'invitait déjà sa mère. Nous prenions justement le thé. Je vais demander à Elsa d'en refaire et...

— Non, merci, refusa-t-il courtoisement. Je n'ai pas beaucoup de temps. Je dois encore aller chercher ma voiture et repartir à Truro.

— Ah ? Vous ne restez donc pas ? Je vous ai préparé une chambre.

— Pas cette fois-ci, malheureusement. Mais j'aurai certainement l'occasion de profiter de votre aimable invitation.

— Oh ! Très certainement, en effet ! maugréa Morgana entre ses dents.

Sa mère lui jeta un regard horrifié et se détourna précipitamment pour conduire leur hôte au salon. Presque aussitôt, la jeune fille sentit une main de fer s'abattre sur son bras.

— Je fais de mon mieux pour détendre l'atmosphère, murmura-t-il d'une voix neutre. Alors cessez vos petites réflexions acerbes ou je pourrais bien m'y mettre à mon tour. De toute façon, vous réussissez uniquement à peiner votre mère.

Il la lâcha d'un air méprisant et s'éloigna. Au lieu de le suivre, Morgana se rua à la cuisine. Elsa faisait la vaisselle. Elle jeta un coup d'œil par-dessus son épaule en l'entendant arriver.

— Doux seigneur ! s'exclama-t-elle. La maison est-elle en flammes ?

— C'est lui ! Il est là !

Morgana se laissa tomber sur une chaise et dénoua sa cape.

— Eh bien ! Mieux vaut tard que jamais, comme on dit, répondit tranquillement la cuisinière.

— Moi, je ne le dis pas !... Oh ! Elsa ! Il est exécrable !... Et il est blond !... ajouta-t-elle en essayant de remettre de l'ordre dans sa chevelure.

— Les cartes ne mentent pas, mon petit. Un homme blond, des peines et des souffrances.

— C'est tout à fait lui ! lança-t-elle impétueusement. Oh ! Qu'allons-nous donc faire ?

— Ce qu'on nous demandera, riposta Elsa en lui tendant un torchon. D'ailleurs, il ne sert à rien de se tourmenter sans raison !

Morgana prit le torchon et se mit à essuyer la vaisselle en soupirant.

— Nous avons toutes les raisons du monde de nous inquiéter au contraire !

— Nous devons d'abord écouter ce qu'il a à nous dire avant de monter sur nos grands chevaux !

— Je ne veux pas l'écouter ! Enfin, heureusement, il ne dort pas ici ce soir. Je ne supporte pas l'idée d'avoir à partager mon toit avec lui, même pour une nuit !

— Peut-être pourrez-vous le partager assez longtemps pour me faire visiter la maison ? Votre mère est occupée, sinon je ne vous aurais pas dérangée !

Morgana sursauta violemment et se tourna vers la porte de la cuisine, où Laurent venait de s'encadrer. Un verre lui glissa des mains et vint se briser sur le carrelage.

— Fais donc attention ! gronda Elsa. Quelle maladroite ! Et ne touche à rien, c'est encore pire ! laisse, je ramasserai les morceaux... Ne l'écoutez pas, monsieur, ajouta-t-elle en se tournant vers le jeune homme, elle est folle d'inquiétude, voilà tout. Elle ne pense pas la moitié de ce qu'elle a dit.

— La moitié est déjà bien suffisante ! rétorqua-t-il en s'avançant dans la pièce sans un regard pour Morgana. Vous devez être Elsa, le principal soutien de cet établissement... Je me contente de répéter les paroles de Mme Pentreath, ajouta-t-il en souriant.

Elsa essuya sa main humide et la tendit à Laurent. Celui-ci détaillait la pièce.

— Ce doit être très pénible de ne pas avoir de machine à laver la vaisselle pendant la saison touristique, observa-t-il.

— Oh ! Ce n'est pas parfait, bien sûr, répondit Elsa de bonne grâce. Mais nous nous en sortons. Et le travail n'a jamais fait de mal à personne.

— Comme vous avez raison !... Puisque nous y sommes, vous pourriez commencer par me montrer les communs, ajouta-t-il à l'intention de Morgana.

La mine maussade, la jeune fille le fit passer dans l'arrière-cuisine, utilisée comme buanderie, puis lui demanda s'il voulait visiter les anciennes étables.

— Y a-t-on installé l'électricité ? s'enquit-il.

— Non.

— Dans ce cas, je préfère me réserver ce morceau de choix pour une autre fois. Aujourd'hui, je me contenterai de visiter les pièces du rez-de-chaussée, sans retourner au salon, toutefois. J'ai eu mon compte de regards curieux !

— Vous trouvez sans doute que nous aurions dû renvoyer les clients ! lança-t-elle d'une voix acerbe. Mais vous ne nous avez pas fait parvenir vos instructions, et...

— Je n'ai rien dit de tel, la coupa-t-il. A présent, si vous voulez bien me guider, j'ai vraiment très peu de temps devant moi.

Tant mieux ! rétorqua-t-elle intérieurement. Elle s'exécuta néanmoins, de très mauvaise grâce, prenant le ton ennuyé d'un agent immobilier pour lui indiquer les « moulures d'origine » et les « pierres locales ». Laurent ne disait presque rien, demandant parfois une précision d'une voix rogue. Non, il n'y avait pas de chauffage central, répondit-elle à l'une de ses questions, mais les cheminées suffisaient parfaitement à chauffer la maison.

C'était faux, bien sûr ; sa mère se plaignait depuis des années de cette situation. Mais devant ce... cet individu, elle n'allait certainement pas admettre que tout n'était pas parfait à Polzion.

En montant l'escalier, elle songea aux tableaux accrochés dans la galerie. Il ne pouvait pas manquer de les voir, de remarquer sa ressemblance avec plusieurs d'entre eux. Sans un mot, Morgana longea le couloir et le mena directement à la chambre de ses parents, occupée maintenant par sa mère seule. Il l'examina sans commentaire et la traversa pour aller jeter un coup d'œil à la spacieuse penderie attenante.

— Les chambres des clients sont-elles similaires ? s'enquit-il.

Morgana hésita.

— En général, nous leur donnons le choix entre plusieurs chambres. Elles sont à des prix différents, bien entendu.

Elle regagna rapidement le couloir, suivie du jeune homme.

— Un instant ! N'avez-vous pas oublié quelque chose ?

Elle se retourna vivement. Il avait la main posée sur la poignée d'une porte.

— Oh !... C'est ma chambre, annonça-t-elle à contrecœur. Vous voulez sans doute la visiter ?

— Je veux tout voir. Il me semblait l'avoir dit clairement.

D'une main tremblante, Morgana ouvrit la porte et chercha l'interrupteur. Cette intrusion-ci était la pire de toutes. Sa vie entière était exposée au regard de cet homme. D'un coup d'œil, il pouvait la découvrir toute. Ses albums d'enfant voisinaient avec des romans modernes, son vieil ours en peluche trônait encore à une place d'honneur. Sa bouteille de parfum était posée sur sa table de chevet et même sa chemise de nuit était bien en vue, soigneusement pliée sur le lit étroit recouvert d'une courtepointe au crochet blanc.

Délibérément, Laurent s'avança jusqu'au centre de la chambre, les mains dans les poches. Il examina tout à loisir, longuement, sans paraître se soucier de l'humiliation endurée par la jeune fille.

— Je vous attends dans le couloir, déclara-t-elle enfin.

Il la suivit aussitôt, un léger sourire aux lèvres. Il l'avait fait exprès ! Elle ne pourrait plus entrer dans sa chambre sans se souvenir de lui, de son regard sur ses possessions les plus intimes...

— Ces portraits sont ceux de nos ancêtres, j'imagine ? Ne font-ils pas partie de la visite guidée ?

— Vous les connaissez aussi bien que moi !

— C'est faux, comme vous le savez. Je vous écoute, parlez-moi d'eux.

Un lourd silence chargé de tension s'abattit entre eux. Puis Morgana haussa les épaules.

— Très bien. Celui-ci, à votre droite, est Josuah Pentreath. Il a construit cette maison à l'époque où l'exploitation du fer battait son plein. On raconte cependant qu'il construisit les étables grâce aux profits tirés de la contrebande. Il eut deux fils, Mark et Giles. Ce sont ces deux portraits, là. Giles ne se contenta pas de suivre les traces de son père, il le surpassa : cette côte a toujours été dangereuse pour les bateaux. Et Giles est bien connu pour avoir provoqué des naufrages. Son frère Mark, par contre, se convertit au méthodisme...

Elle s'interrompit brièvement.

— ... Mark et Giles... et Martin aussi ont toujours été les prénoms des hommes de la famille.

Laurent comprit aussitôt son allusion.

— Mon prénom est en fait le nom de famille de ma mère.

— Je vois... Toutes ces dames à l'air lugubre sont leurs épouses respectives.

— Celle-ci n'a pas l'air malheureuse du tout.

— Laquelle regardez-vous ? Ah ! C'est ma grand-mère.

— Elle était très belle. Puis-je savoir pourquoi elle est habillée en princesse médiévale ?

— On donnait une sorte de pièce de théâtre dans laquelle elle jouait le rôle de la fée Morgane. Mon grand-père l'a connue ce jour-là, et il est aussitôt tombé amoureux d'elle, expliqua-t-elle de mauvaise grâce. Après leur mariage, il a insisté pour avoir son portrait dans ce costume. Et il a fait promettre à mon père, son fils unique, d'appeler sa fille Morgana s'il en avait une un jour.

— Et vous voici !

— En effet. Si ce survol historique vous suffit, continuons la visite. Il y a encore tous les greniers à voir.

— Ce sera pour une autre fois, je dois partir... Par pure curiosité, quelle chambre m'aviez-vous réservée ?

— L'une de celles de l'aile est, maugréa-t-elle.

— Je n'aurais donc pas eu le choix comme tous les pensionnaires ?

Morgana haussa les épaules.

— Si. Après tout, elles vous appartiennent toutes à présent.

— Oui, n'est-ce pas ? acquiesça-t-il sereinement. Allons, j'ai bien fait de réserver à l'hôtel de Truro pour ce soir. Vous n'auriez certainement pas apprécié mon choix ?

Elle le dévisagea un instant sans comprendre. Puis une étincelle de colère s'alluma dans ses yeux verts.

— Cela m'est égal ! De toute façon, je vais devoir déménager tôt ou tard. Je puis aussi bien quitter ma chambre tout de suite !

— Qui vous a parlé de la quitter ?

Il rit et la détailla complaisamment des pieds à la tête.

Morgana s'empourpra.

— Comment osez-vous !...

— J'ose, voilà tout. Vous l'apprendrez quand vous me connaîtrez mieux ! Vous répugnez tant à partager un toit avec moi ! Cela m'amuse, voyez-vous, je relève le défi. Peut-être parviendrai-je à vous persuader de partager plus que cela avec moi !

— Vous avez perdu la tête ! Cette maison vous appartient, mais pas moi !

— Cela viendra, Fée Morgane, cela viendra ! En dépit de vos petits sortilèges et de vos malédictions, je suis ici, et j'y resterai !

D'un bond, il fut devant elle et étouffa ses protestations sous ses lèvres. Son baiser fut sans pitié, sans douceur. Il se contenta d'exiger et de prendre, éveillant en elle, malgré elle, un désir honteux. Dès qu'elle eut capitulé, il s'écarta. Morgana s'affaissa contre le mur, couvrant ses lèvres endolories d'une main, trop furieuse et bouleversée pour prononcer une seule parole. Laurent souriait.

— Vous êtes ignoble ! haleta-t-elle enfin.

— D'après votre petit cours d'histoire, je tiens cela de mes ancêtres. Mais fort heureusement, vous n'avez pas hérité du tempérament terne de leurs épouses !

Sans lui répondre, elle courut à sa chambre et claqua la porte. Puis elle s'y adossa, le souffle court. Elle avait envie de hurler ou d'éclater en sanglots. Ses pires craintes se vérifiaient. Laurent avait peut-être déjà quitté la maison, mais sa présence envahissait la pièce. Elle avait beau fermer les yeux pour chasser son image, elle retrouvait toujours le goût de ses lèvres, son odeur, la sensation de son corps contre le sien.

Aussi longtemps qu'elle resterait dans cette maison, elle ne serait plus jamais seule... A cette idée, Morgana se mit à trembler de tous ses membres.

3

Morgana était toujours allongée sur son lit, les yeux perdus dans le vague, lorsqu'on frappa à sa porte, une heure plus tard. Sa mère passa la tête par l'entrebâillement.

— Chérie, il est presque l'heure de dîner. Ne descends-tu pas ?

— Non, je n'y tiens pas, répondit-elle en se forçant à sourire. Je n'ai pas très faim, et Rob doit passer me prendre plus tard. Nous irons sans doute à la Taverne de Polzion. Je pourrai toujours manger un sandwich.

— Tu fais bien, soupira sa mère. Elsa est très bizarre ce soir. Elle ne veut même pas me dire si elle a préparé un pudding pour le dessert ou non... Eh bien. reprit-elle au bout d'un instant, que penses-tu de lui ? Il m'a paru charmant.

— Personnellement, je n'emploierais pas ce terme.

La jeune fille se dirigea vers sa coiffeuse.

— Chérie, tu t'es montrée très désagréable avec lui. Si j'avais pu l'éviter, je ne t'aurais pas laissée lui montrer la maison ; mais Miss Meakins s'est montrée vraiment terrible... très indiscrète. Et elle avait à se plaindre de toutes sortes de petites choses dont elle n'a jamais parlé auparavant ! Aussi ai-je été soulagée quand M. Pentreath a proposé avec beaucoup de tact de visiter la maison en ta compagnie… T'a-t-il parlé de ses intentions ?

Morgana faillit éclater d'un rire nerveux.

— Non, maman, j'ignore tout de ses projets concernant le manoir, répondit-elle gentiment.

— Il revient demain, il nous en parlera sans doute. Je l'ai invité à déjeuner. Elsa préparera du canard.

— N'espère pas l'attendrir avec un repas gastronomique ! l'avertit sombrement sa fille.

— Sincèrement, je ne m'attendais pas à le trouver si sympathique, insista Elizabeth Pentreath. Il ne ressemble pas du tout à son père. Il doit tenir plutôt de sa mère… Je me demande si lui-même est marié. T'a-t-il dit si il avait une femme ou une fiancée ?

— Nous ne nous sommes pas fait de confidences, maman chérie, répondit Morgana en essayant d'oublier la fin de leur entrevue… Dois-je dresser la table ou Elsa s'en occupe-t-elle ?

— Elle commençait quand je suis montée.

Morgana surprit l'air soucieux de sa mère.

— Allons, qu'y a-t-il à présent ? demanda-t-elle affectueusement.

— Rien, mon petit, simplement… Oh ! Morgana ! Cette robe ! Elle est si triste ! Ton pauvre père l'aurait détestée… Et je me demande ce que ton cousin a dû en penser.

La jeune fille contempla son reflet dans le miroir.

— Hum, oui, concéda-t-elle. Je la donnerai à la prochaine vente de charité… Mais je me moque de l'opinion de Laurent Pentreath ! ajouta-t-elle sur un ton de défi. En fait, j'ai presque envie de la remettre pour chacune de ses visites !

Mme Pentreath frémit.

— Epargne-nous, ma chérie ! Et change-toi tout de suite. Tu ne peux tout de même pas sortir avec Rob dans cette tenue… Bien, je dois descendre à présent.

Amuse-toi bien et ne t'inquiète pas. Tout s'arrangera pour le mieux.

Après le départ de sa mère, Morgana laissa tomber sa robe sur le sol et alla inspecter le contenu de son placard. Elle se décida pour un pantalon en velours côtelé bordeaux et un pull beige clair.

Rob l'attendait déjà au salon, en compagnie de Mme Pentreath. Le major Lawson lisait son journal. Il leva les yeux en l'entendant arriver et la salua d'un air agréable, presque timide. Quel homme charmant ! pensa Morgana en lui rendant son sourire. Si seulement tous les pensionnaires de l'hôtel pouvaient être comme lui !

Les deux jeunes gens prirent rapidement congé et sortirent.

— Ainsi, votre hôte indésirable est finalement arrivé ? s'enquit aussitôt Robert.

— Oui, en effet, répondit la jeune fille de sa voix la plus neutre possible.

— Quelle impression vous a-t-il faite ? Votre mère paraît conquise !

— Maman se montre toujours très généreuse dans ses jugements !

— A vous entendre, vous ne partagez pas son opinion ? sourit-il.

— Je le trouve odieux, dit-elle froidement.

— Très bien ! D'après la description de votre mère, je commençais à me demander si je ne devrais pas être jaloux !

— Vous n'avez aucune raison de l'être.

Morgana se sentit rougir en prononçant ces mots. Le souvenir de sa propre réaction au baiser de Laurent la mortifiait profondément...

— ... Où allons-nous ? demanda-t-elle d'un air détaché.

— A la Taverne de Polzion. Mes parents sont ici

pour le week-end, et ils nous ont invités à dîner avec eux à la Taverne.

— Mon Dieu ! Pourquoi ne m'avez-vous pas prévenue ? J'aurais mis une jupe !

— Vous êtes ravissante ainsi... Une jolie jeune fille, fraîche et pondérée.

Fraîche et pondérée ! Qu'aurait-il dit s'il l'avait vue tournoyer sottement autour d'un rocher ou frémir de rage en guidant Laurent Pentreath d'une pièce à l'autre ? Non, décidément, elle s'était ridiculisée et cela ne devait plus jamais se reproduire ! La prochaine fois, elle saurait se dominer. Et elle prendrait toutes les attaques avec pondération ! Elle n'allait tout de même pas se jeter dans les bras d'un homme arrogant qui se permettait de lui faire des avances !

— Qu'y a-t-il, Morgana ? demanda soudain Rob. Vous paraissez sur le point d'exploser ! Si vous voulez rentrer vous changer, nous pouvons...

— Non ! s'écria-t-elle... Excusez-moi, je vous en prie. J'ai eu une journée éprouvante et j'ai besoin de me détendre.

Les Donleven étaient déjà installés au bar. Morgana n'était pas la seule à porter un pantalon, constata-t-elle amèrement. Mais on pouvait difficilement comparer sa tenue avec la tunique de soie turquoise et le pantalon bouffant d'Elaine Donleven. La sœur de Rob la détailla avec une satisfaction méprisante.

Morgana accepta un Martini, prit place sur le banc de bois à côté de la cheminée, et se força à répondre aimablement aux remarques de Mme Donleven. Elaine semblait s'impatienter. Finalement, n'y tenant plus, elle interrompit sa mère.

— Eh bien ! lança-t-elle. Le mystérieux héritier est-il arrivé ?

— Oui, répondit brièvement Morgana.

— Cette histoire est vraiment incroyable ! reprit Elaine. On dirait une intrigue de roman !

— Mon cousin Laurent n'a rien d'un personnage romantique, je puis vous l'assurer !

Elle regretta aussitôt ses paroles. Elle avait seulement réussi à attiser la curiosité d'Elaine.

— Vraiment ! susura celle-ci. Les escarmouches ont-elles déjà commencé ?

— Elaine ! Ceci ne nous regarde pas ! intervint son père.

— Néanmoins, c'est passionnant ! rétorqua la jeune fille. Eh bien, Morgana ! Comment est-il ? Grand, brun et beau ?

— Il est grand, acquiesça sereinement Morgana. Et certaines femmes doivent le trouver séduisant.

— Mais pas vous ?

— Certainement pas ! s'exclama Robert en posant sa main sur celle de sa compagne. Morgana n'a d'yeux que pour moi, n'est-ce pas ?

Du coin de l'œil, Morgana vit Mme Donleven leur jeter un regard et se détourner rapidement. Ainsi, elle ne s'était pas trompée : la mère de Robert serait ravie de la voir quitter Polzion et s'éloigner de son fils. Elle eut soudain envie de se pencher vers elle et de la rassurer. « Ecoutez, lui dirait-elle, vous n'avez pas besoin de vous inquiéter. J'ai beaucoup d'affection pour Robert, mais je ne suis pas amoureuse de lui. »

Mais elle ne s'était jamais sentie suffisamment proche de Mme Donleven pour oser lui faire une telle confidence. Et du reste, ce genre de remarque serait tout à fait déplacé dans ce lieu... Morgana ne voulait pas faire souffrir Robert. Certes, leur séparation serait inévitablement douloureuse, surtout pour lui... Elle fronça imperceptiblement les sourcils. Pourquoi était-elle si sûre de pouvoir le quitter sans trop de regrets, tout à coup ?

Elaine lui tendait le menu avec un sourire condescendant. Elle le prit et le lut distraitement.

— Que voulez-vous manger, Morgana ? demanda Robert au bout d'un moment.

— Oh ! Euh... du melon et un steak, je pense.

M. Donleven passa la commande à la serveuse, puis se tourna vers Morgana.

— Votre cousin vous a-t-il parlé de ses projets ? Compte-t-il s'installer au manoir ?

— Je l'ignore, mais cela m'étonnerait.

— Il serait donc prêt à vendre ? s'écria vivement Mme Donleven.

Surprise par son ton pressant, Morgana la dévisagea d'un air interrogateur.

— Maman ! fulmina Robert. Nous étions tous d'accord pour ne pas en parler !

— Pour ne pas parler de quoi ? demanda Morgana, interloquée.

M. Donleven prit un air conciliant.

— Oh ! D'une idée de ma f... d'une idée, expliqua-t-il avec un sourire gêné. Nous avons toujours admiré le manoir, voyez-vous, et s'il était en vente à un prix abordable...

— On pourrait en faire quelque chose de tout à fait charmant ! lança étourdiment sa femme.

Elle rougit tout à coup en comprenant combien elle avait manqué de tact.

— Oui, en effet, approuva froidement Morgana.

Les Donleven avaient engagé des frais très importants pour transformer la ferme en demeure luxueuse. Mais cela ne pouvait pas leur suffire ! Mme Donleven voulait être châtelaine ! Oh ! Comment ne l'avait-elle pas deviné plus tôt ?

— Eh bien, qu'en pensez-vous ? s'enquit Robert.

— Cela ne me concerne pas, expliqua-t-elle en haussant les épaules. Il vous faudra consulter les avocats et le nouveau propriétaire.

— Mais vous-même, insista le jeune homme, quel

effet cela vous ferait-il ? Ce serait une solution idéale, ne croyez-vous pas ?

Une solution ? Où voulait-il en venir ? L'expression inquiète de Mme Donleven et de sa fille lui donna la réponse : la perspective d'avoir à partager le manoir avec Morgana, fût-elle devenue Mme Donleven, ne les enchantait pas du tout.

— Je... Je ne sais pas, balbutia-t-elle. Je n'ai pas eu le temps d'y réfléchir.

Le Manoir Polzion était comme une carcasse autour de laquelle les vautours commençaient à tournoyer, songea-t-elle, très mal à l'aise tout à coup. Rob devait être fou ! Elle n'accepterait jamais de vivre en compagnie de sa mère et de sa sœur !

Morgana fut très silencieuse tout au long du dîner. Lorsque Robert la raccompagna chez elle, elle prétexta la fatigue pour ne pas l'inviter à entrer un moment et monta directement à sa chambre. Dans la galerie faiblement éclairée, tous les Pentreath semblaient avoir les yeux braqués sur elle. Et vous ? songea-t-elle, qu'allez-vous devenir quand nous déménagerons ? C'étaient de simples portraits de famille, sans réelle valeur artistique. Personne ne voudrait les acheter. Ils seraient probablement relégués au fond d'un grenier poussiéreux. Sa mère et elle trouveraient un nouveau foyer, mais elles ne pourraient certainement pas les emporter...

Demain, sourpira-t-elle. Demain, elle commencerait à chercher du travail. Sa mère pourrait obtenir un poste de gouvernante, et elle essaierait de se placer comme domestique. Si seulement elles pouvaient travailler dans la même maison !

En entrant dans sa chambre, elle resta longtemps immobile, contemplant les murs familiers, respirant son propre parfum dans l'air... Son parfum, et une autre odeur, celle, amère et persistante, du tabac froid. Morgana serra rageusement les dents. Traversant la pièce d'un bond, elle ouvrit toute grande la fenêtre. L'air glacé de la nuit la fit frissonner.

Assise au bureau du salon, Morgana essayait de mettre un peu d'ordre dans les papiers. Elle avait reçu un mot du notaire lui demandant de lui faire parvenir les factures impayées. Elle s'interrompit un instant en entendant une voiture s'arrêter devant la maison, puis reprit son travail, la rage au cœur. Lorsque le carillon de l'entrée tinta impérieusement, elle ne fit pas un geste pour se lever et aller ouvrir. La porte de la cuisine s'ouvrit et Elsa traversa le hall en grommelant.

« Je me demande pourquoi il n'est pas entré sans attendre », songea Morgana.

Elle sursauta en entendant la voix d'Elaine.

— Toujours au travail, ma chère ?

La jeune fille pivota sur sa chaise. Elaine s'avançait déjà dans la pièce, souriante, très élégante dans son costume de velours vert sombre et ses bottes en daim assorties. Elle portait un énorme bouquet de roses.

— Allez-vous rendre visite à un malade ? s'enquit sèchement Morgana.

Elaine s'empourpra légèrement.

— Maman m'a chargée de les offrir à votre mère, expliqua-t-elle très vite. Ce sont les dernières de la saison.

La jeune fille réprima un sourire ironique. Elle se doutait bien du véritable motif de cette visite.

— C'est très gentil, remercia-t-elle. Prendrez-vous une tasse de café ?

— Très volontiers ! s'exclama Elaine en s'asseyant dans un fauteuil... Enfin, si vous n'êtes pas trop occupée, bien sûr !

— Pas du tout, affirma Morgana d'un ton d'exquise politesse.

A la cuisine, Elsa avait son visage des mauvais jours.

— Puis-je savoir que nous vaut l'honneur d'une pareille visite ? questionna-t-elle d'un ton féroce.

— Elle apporte ces roses à maman. Peux-tu les mettre dans l'eau, Elsa ? Je les arrangerai plus tard.

— Elle et ses maudites roses ! Elle se prend pour la reine de cœur, celle-ci, mais je vois de l'obscurité autour d'elle, oui ma fille !

Lorsque Morgana revint au salon, elle trouva Elaine debout devant la cheminée, en train d'examiner un vase de porcelaine. « Vous commencez l'inventaire ? » eut-elle envie de lancer. Elle s'en abstint par amitié pour Robert.

La sœur de celui-ci revint s'asseoir en lissant sa jupe.

— Je ne vous dérange vraiment pas, j'espère ? Vous devez traverser des moments très... difficiles.

— Oh ! C'est si aimable à vous de nous consacrer un peu de temps, renchérit Morgana, bien décidée à surpasser sa visiteuse en courtoisie.

Il y eut un petit silence.

— Que va devenir Elsa quand vous partirez ? s'enquit enfin Elaine.

— C'est une excellente cuisinière, elle n'aura aucun mal à retrouver un emploi.

— A votre avis, elle refusera de rester ici sans vous...

— Pourquoi ne le lui demandez-vous pas directement ?

— Ciel ! Je n'oserais jamais ! Elle me terrifie ! avoua Elaine en riant. D'ailleurs, il est beaucoup trop tôt pour se poser une telle question, puisqu'on ignore tout des projets de votre cousin. A propos, a-t-il déjà goûté à sa cuisine ?

— Non, il doit venir déjeuner aujourd'hui.

Morgana ne put s'empêcher de sourire. Elaine avait très habilement réussi à lui soutirer le renseignement qui l'intéressait... La porte s'ouvrit, Mme Pentreath entra.

— Miss Donleven ! s'exclama-t-elle, stupéfaite.

— Elaine nous a apporté des roses de la ferme, s'empressa d'expliquer sa fille.

— Comme c'est aimable à vous ! Les roses de la ferme ont toujours été magnifiques... Mmm ! Je prendrais volontiers du café !

Morgana lui en versa une tasse et la lui tendit. Sa mère avait l'air affolée.

— Sais-tu... A-t-on reçu des messages, ma chérie ?

— Rien encore, lui répondit-elle avec un sourire rassurant.

— Enfin ! Il est encore tôt, et il doit être occupé ailleurs.

— Connaissez-vous sa profession ? s'enquit Elaine d'un ton un peu trop détaché.

— Non, il ne nous en a pas parlé. En fait, nous ne savons rien de lui.

— Comme c'est palpitant ! soupira Elaine extasiée. Découvrir un membre inconnu de la famille ! Et dans de telles circonstances ! Bien sûr, se reprit-elle, ce n'est pas très agréable pour vous. Au siècle dernier, il se serait sans doute conduit en homme d'honneur et vous aurait demandé de l'épouser, Morgana... S'il n'est pas déjà marié.

— Nous ignorons s'il l'est, dit Mme Pentreath.

Morgana se leva brusquement.

— Je vais aller m'occuper des roses et voir si Elsa pense au repas, annonça-t-elle.

— C'est une bonne idée, ma chérie. Voulez-vous rester déjeuner ? proposa Mme Pentreath sans enthousiasme à la visiteuse.

— Ce serait avec grand plaisir, mais on m'attend.

Un bon point pour Maman ! songea Morgana avec satisfaction en sortant de la pièce. Un sourire aux lèvres, elle ouvrit la porte de la cuisine. Son sourire s'effaça aussitôt, en voyant Laurent Pentreath attablé avec Elsa devant l'immuable jeu de cartes.

— Vous ! s'exclama-t-elle. Mais comment…

— La porte de service était ouverte, je suis passé par là. Y voyez-vous un inconvénient ?

— Non !… Non, bien sûr ! Vous pouvez aller et venir à votre guise. Vous m'avez surprise, voilà tout !

— Décidément, je vous fais sursauter à chacune de nos rencontres ! J'essaierai de faire mieux à l'avenir !

— Nous n'aurons plus guère l'occasion de nous rencontrer à l'avenir, rétorqua-t-elle froidement. Elsa, tu ne devrais pas ennuyer M. Pentreath avec tes sornettes !

— Des sornettes ! protesta la cuisinière indignée. Tu n'as pas toujours dit cela quand tu me demandais de te lire l'avenir !

Morgana haussa les épaules.

— Nous ferions bien de laisser Elsa s'occuper du repas, déclara-t-elle en se tournant vers Laurent. Vous voulez sans doute discuter avec ma mère des arrangements à prendre ?

— Je suis venu lui parler, en effet… Et à vous aussi, ajouta-t-il.

— Je ne suis pas concernée. Mais je vous serai reconnaissante d'abréger l'attente de ma mère. Cela la délivrera de ses inquiétudes.

— Vraiment ? A mon avis, vous êtes son principal sujet de préoccupation à l'heure actuelle !

— Que voulez-vous dire ? s'étonna-t-elle.

— Devinez… Merci beaucoup, Elsa. Je reviendrai vous demander de me tirer les cartes.

— Avec plaisir !

Elsa se mit à ramasser le paquet étalé. Mais Morgana avait eu le temps d'apercevoir la reine de cœur qui occupait la place d'honneur.

Sottement, elle se prit à espérer qu'Elaine serait déjà partie. Mais elle était dans l'entrée, en train de prendre congé de Mme Pentreath. Un pâle rayon de soleil allumait des reflets de cuivre dans ses cheveux auburn.

Morgana sentit instinctivement l'admiration de Laurent.

En les voyant arriver, Mme Pentreath prit une expression de stupeur muette presque comique.

— Elsa lui disait la bonne aventure à la cuisine, expliqua promptement Morgana.

— Comme c'est charmant ! balbutia Elizabeth Pentreath, toute désemparée. Euh... Miss Donleven, puis-je vous présenter notre cousin, Laurent Pentreath ?

Elaine s'avança avec un sourire candide.

— Oh ! Mais nous nous sommes déjà rencontrés ! s'écria-t-elle. N'étiez-vous pas à la réception de Lindsay Van Guisen à Monaco, pour le nouvel an ?

— En effet...

Laurent lui prit la main et la garda dans la sienne.

— ... Vous aussi ? Je ne me pardonnerai jamais de vous avoir oubliée !

Elaine eut un rire argentin.

— Vous étiez trop occupé avec Lindsay ! D'ailleurs, comment vous en blâmer ? Elle est ravissante et fort riche... C'est une combinaison irrésistible !

— Jusqu'à présent, j'ai réussi à résister, répliqua-t-il avec une pointe de sécheresse. Lindsay est ma demi-sœur.

Les yeux de la jeune fille s'écarquillèrent.

— Mais alors... Vous devez être...

— Laurent Van Guisen, oui. Ainsi, vous connaissez mon nom ?

— Comment pourrais-je l'ignorer ? Papa traite d'innombrables affaires avec la corporation Van Guisen-Laurent. Grands dieux ! Quand je vais lui dire...

— Peut-être pourriez-vous me mettre au courant, intervint Morgana. Que se passe-t-il au juste ? Nous vous prenions pour Laurent Pentreath, mais apparemment, c'est faux ! Qui êtes-vous ?

— Je suis Laurent Pentreath Van Guisen, annonça-t-il d'un air parfaitement indifférent. Lorsque ma mère s'est remariée, voici quelques années, mon beau-père m'a demandé si je voulais prendre son nom. J'ai beaucoup d'estime pour lui, j'ai donc accepté. Ces explications vous suffisent-elles ?

— Certainement pas ! Pouvez-vous nous prouver votre identité ?

— J'ai déjà montré tous les papiers nécessaires à votre notaire. Et si vous me croyez capable de m'être inventé une fausse identité pour hériter d'un manoir qui me causera uniquement des problèmes, vous êtes folle !

— Soyez aimable avec lui, Morgana, lui conseilla Elaine avec un large sourire. Il est toujours bon d'avoir un millionnaire dans la famille !

— Un millionnaire ? Vous êtes un millionnaire ?

Il soutint calmement le regard furieux de la jeune fille.

— Oui.

— Et vous voulez priver ma mère de son foyer et de ses moyens d'existence ? Les gens comme vous me donnent la nausée !

— Très intéressant ! Rappelez-moi de vous dire un jour ce que je pense des gens comme vous !... Je suis navré que vous assistiez à nos petites querelles de famille, ajouta-t-il en se tournant vers Elaine.

Celle-ci lui décocha son plus beau sourire.

— Oh ! Il ne faut pas en vouloir à Morgana ! Elle est si bouleversée par toute cette affaire ! Comptez-vous rester quelque temps à Polzion ? Mes parents seraient ravis de vous avoir à dîner !

Laurent fixa Morgana avec insolence.

— Je reste, déclara-t-il.

Le cœur douloureusement serré, la jeune fille tourna les talons et alla se réfugier au salon. Ce n'était plus un simple défi. C'était une déclaration de guerre.

4

Morgana traversa le salon et vint se poster devant la fenêtre. Etait-ce possible ? Moins de vingt-quatre heures s'étaient écoulées depuis le moment où elle s'était tenue là, au même endroit, attendant anxieusement son arrivée... Dans le jardin, quelques feuilles tenaces s'accrochaient encore aux branches, résistant aux brusques bourrasques, luttant pour ne pas être arrachées, emportées dans un tourbillon jusqu'à terre. Comme je les comprends ! songea-t-elle.

Un murmure de voix lui parvenait du hall. Elaine rit. Morgana se mordit la lèvre. Elle avait eu tort de se conduire ainsi. Elle s'était pourtant promis de rester calme... Mais Laurent Pentreath avait le don de la mettre hors d'elle.

La porte s'ouvrit ; Morgana se retourna, s'attendant à découvrir le visage réprobateur de sa mère. Mais c'était Laurent. Il entra et referma la porte derrière lui.

— Où est ma mère ?

— Dans la salle à manger. Je lui ai dit que je voulais vous parler.

— Pour obtenir mes excuses ? lança-t-elle amèrement.

— Je ne crois pas aux miracles, rétorqua-t-il... Vous débordez de haine et de rancœur, n'est-ce pas ? Et vous exigez une obéissance aveugle à tous vos ordres ! Cela ne risque pas de vous rendre heureuse, Morgana ! Cependant, si vous étiez la seule à en souffrir, je ne m'en soucierais pas le moins du monde. Mais il y a votre mère. N'a-t-elle donc pas assez de problèmes en ce moment sans avoir à se ronger les sangs à l'idée de ce que vous allez bien pouvoir dire ou faire ?

— C'est injuste ! protesta-t-elle, furieuse. Je me soucie uniquement d'elle, je ne pense qu'à l'aider !

— Dans ce cas, vous avez une bien curieuse façon de vous y prendre !... Vous estimez avoir subi une injustice ; vous n'avez sans doute pas tort. Mais vous oubliez une chose, ma petite sorcière ! Je n'ai pas inventé cette clause ! Pour moi, c'est une erreur, et une perte de temps et d'argent.

— Ah ! Je savais bien que vous mentionneriez votre argent avant longtemps ! railla-t-elle. Je suis désolée si nous ne vous avons pas traité avec tout le respect dû à votre rang. Devrions-nous mettre nos perruques poudrées et vous appeler Messire, peut-être ? Mais je vous préviens, dans nos régions, on juge un homme pour ce qu'il est, et non pour ce qu'il possède !

— Je m'en suis aperçu, en effet, répondit Laurent d'une voix dénuée de toute trace d'émotion. Voulez-vous savoir comment l'on jugeait votre père ?

Pendant un moment, elle le contempla fixement. Puis elle dit d'une voix rauque :

— Vous êtes ignoble !

Et elle se mit à pleurer.

— Oui, vous me l'avez déjà dit.

Il se détourna tandis que Morgana cherchait fébrilement un mouchoir dans ses poches. Lorsqu'elle se fut calmée, il l'appela.

— Venez vous asseoir, Morgana. Nous avons à parler.

— Nous nous sommes déjà tout dit !

— Au contraire, nous n'avons pas encore

commencé. Allez-vous venir ou dois-je vous amener de force ?

Morgana s'assit précipitamment sur le siège indiqué. Pour rien au monde elle n'aurait supporté d'être touchée par lui.

— Voilà qui est mieux ! approuva-t-il sans sourire. Pour commencer, j'ai décidé d'accepter l'invitation de votre mère. Je dispose de très peu de temps et je préfère être sur place pour commencer à mettre mes projets à exécution.

— Quand devrons-nous partir ?

L'instant de vérité était enfin arrivé. Morgana se sentait étrangement calme tout à coup.

— Qui vous a parlé de partir ?

— Eh bien... je... balbutia-t-elle, prise de court. Nous n'allons tout de même pas rester...

— Vous serez surprise de voir tout ce que vous pourrez faire, répliqua-t-il doucement... Voici votre mère. Essayons de nous conduire en gens responsables et non en ennemis.

Elizabeth Pentreath entra dans le salon en s'excusant. Miss Meakins s'était plainte de l'interrupteur dans sa chambre.

— Et il a déjà eu des défaillances plus d'une fois. Martin a bien essayé de le réparer, mais cela n'a pas servi à grand-chose... Il devait être un piètre électricien ! soupira-t-elle.

— Il aurait fallu être un véritable génie pour améliorer les choses, répliqua Laurent. La maison aurait grand besoin d'une nouvelle installation électrique. Vous le savez bien, tout de même ?

Elizabeth poussa un nouveau soupir.

— Le savoir et être capable de le faire sont deux choses bien différentes, malheureusement ! Nous avions tant de soucis ! Et le gouvernement menace de renforcer les normes en matière de sécurité contre les incendies ! Mon Dieu !

Laurent la contempla un moment.

— Madame Pentreath, demanda-t-il soudain avec une gentillesse inattendue, aimez-vous votre métier ?

La mère de Morgana sourit.

— En fait, oui. Enormément. Oh certes, je n'aime pas m'occuper de l'aspect financier des choses, mais j'aime tant les gens ! J'adore m'occuper de leur confort, leur faire plaisir... Même les gens difficiles comme Miss Meakins ; en réalité, elle est seulement très seule, la malheureuse...

— Dans ce cas, j'espère que vous écouterez favorablement ma proposition, madame Pentreath. Cette maison est trop grande pour redevenir une demeure familiale. D'un autre côté, elle n'a jamais disposé de capitaux suffisants pour devenir une entreprise couronnée de succès. J'ai l'intention de changer tout cela.

Morgana fronça les sourcils.

— Voulez-vous dire... Vous voulez continuer à en faire un hôtel ?

— Pas exactement. En fait, la corporation Van Guisen-Laurent possède déjà une chaîne d'hôtels. Je ne veux pas y rattacher le Manoir Polzion. L'Angleterre ne pourra jamais devenir un haut lieu touristique en raison de ses hivers rigoureux. Non, mon projet est un peu différent. Je voudrais entièrement rénover la maison... l'installation électrique, le système de chauffage, la décoration intérieure... mais sans toucher à son allure rustique. Le manoir pourra continuer à fonctionner comme un hôtel ordinaire pendant presque toute l'année ; avec, je l'espère, une clientèle plus importante grâce à ces aménagements. Mais j'y mets une condition : les employés de ma firme doivent être prioritaires dans la réservation des chambres. En fait, pendant certaines périodes de l'année, ils seront les seuls clients de l'hôtel.

Mme Pentreath lui jeta un regard étonné.

— Je ne suis pas sûre de bien vous comprendre. Vous voulez en faire un hôtel privé pour vos employés ?

— D'une certaine façon, oui. J'envisage aussi d'y tenir des colloques et des conférences d'affaires. On réfléchit mieux dans une atmosphère détendue et sans cérémonie. Cet endroit me paraît être un refuge idéal, loin de la course effrénée et des luttes quotidiennes du monde. Mes employés pourraient venir y retrouver le calme.

— Une sorte de paradis pour cadres épuisés, en quelque sorte ? ironisa Morgana.

Laurent ne lui jeta même pas un regard.

— Eh bien, madame ? Que pensez-vous de mon idée ? Vous plaît-elle ?

— A priori, oui, beaucoup, dit-elle lentement. Cela risque peut-être de créer quelques complications entre les clients ordinaires et vos employés. Le mieux serait sans doute de réserver quelques chambres à l'année à la firme Van Guisen... Mais cela ne me regarde pas, naturellement, ajouta-t-elle.

— Au contraire. Pour assurer le succès d'une telle entreprise, il faut avoir une directrice expérimentée... Une femme capable de mettre tout le monde à l'aise. Je voudrais vous proposer ce poste, madame. Et j'espère sincèrement que vous accepterez.

— Il n'en est pas question ! s'écria Morgana en se relevant d'un bond. C'est une insulte ! Comment osez-vous proposer un emploi à ma mère sous son propre toit !

— Je n'avais pas le moins du monde l'intention de vous insulter, croyez-moi, affirma Laurent sans quitter Mme Pentreath des yeux. Cela m'a paru être la solution à tous nos problèmes. Ai-je eu tort de vous faire cette suggestion ?

— Non, pas du tout, soupira Elizabeth Pentreath. Vous m'avez simplement prise de court, voilà tout. Me permettez-vous d'y réfléchir ?

— Aussi longtemps que vous le désirerez.

— Elle n'a pas besoin de temps ! Et elle n'a pas non plus besoin de votre charité ! fulmina la jeune fille, ivre de rage.

— Je n'avais pas l'impression de faire la charité à quiconque, rétorqua Laurent d'un air d'ennui. Ce travail sera rémunéré. De plus, votre mère aura droit à une retraite et à d'autres bénéfices.

— Des bénéfices ! Pour être une servante dans sa propre demeure ?

— Qu'a-t-elle donc fait d'autre, depuis que cette maison est devenue un hôtel ? Peut-être vous imaginez-vous toujours être Miss Pentreath de Polzion, mais votre mère est plus réaliste !... Comme je vous le disais, reprit-il à l'intention d'Elizabeth, vous avez tout votre temps pour y réfléchir. Et n'hésitez pas à me poser des questions si vous désirez avoir des précisions.

— Merci, murmura-t-elle avec un sourire un peu inquiet. J'aurai certainement des dizaines de choses à vous demander, mais pour l'instant, je n'arrive à penser à rien !

Morgana fixa sa mère avec une stupeur douloureuse.

— Maman ! Tu ne penses pas sérieusement accepter cet emploi ? N'est-ce pas ?

— J'y pense tout à fait sérieusement, ma chérie, répondit-elle fermement. Il serait absurde de refuser. Où trouverais-je une proposition aussi intéressante ? A présent, si vous voulez bien m'excuser, je vais aller aider Elsa à la cuisine.

Son départ fut suivi d'un long silence. Puis Laurent prit la parole, très calmement.

— Allez-vous laisser votre mère prendre seule sa décision ou essaierez-vous de faire pression sur elle à coups de scandales et de drames ?

— Vous semblez convaincu que sa décision se fera en votre faveur ! lança-t-elle.

— Non, en *sa* faveur, corrigea-t-il. Essayez d'oublier

vos préjugés et votre ressentiment contre moi un instant et dites-moi ce que vous avez d'autre à lui proposer. Si vous partiez d'ici demain, où iriez-vous et que feriez-vous ?

— J'ai déjà commencé à chercher du travail, déclara-t-elle d'un air hautain. On demande souvent des employés de maison dans les journaux. Il suffit d'attendre de trouver une proposition intéressante.

— Justement... Personne ne sait combien de temps il vous faudra attendre. Et votre mère sera déracinée, arrachée à son environnement familier, obligée de s'installer chez des inconnus. Est-ce là ce que vous souhaitez pour elle ?

— Non... Mais je ne souhaite pas non plus qu'elle vous soit redevable de quoi que ce soit.

— Pourquoi ? Par manque de sympathie pour moi ? Ou par manque de confiance ?

— Les deux, rétorqua-t-elle en le bravant du regard.

Il éclata de rire.

— Je ne suis pas sûr de vouloir votre sympathie, petite sorcière. C'est un sentiment trop tiède, trop fade... Quant à la confiance, elle s'apprend.

Morgana resta silencieuse un moment.

— Pourquoi ne nous avez-vous pas dit la vérité ? demanda-t-elle enfin... Pourquoi ne pas nous avoir dit qui vous étiez réellement dès hier ?

— Quelle différence cela aurait-il fait ? Riche ou pauvre, je reste l'héritier de la propriété de votre père. Et comme vous venez de me le démontrer clairement, ma richesse ne rend pas la chose plus facilement acceptable... Du reste, vous auriez pu me reconnaître.

— Comment cela ?

— D'après les journaux, les magazines... Il leur arrive de publier ma photo.

— Je n'en doute pas, se moqua-t-elle. Et pas uniquement dans les pages financières !

Laurent arqua un sourcil.

— Malheureusement, je ne suis pas responsable des décisions prises par les rédacteurs en chef. C'est d'ailleurs une autre des raisons pour lesquelles j'ai préféré garder l'incognito en venant ici. Si les journaux entendent parler de cette histoire, leurs reporters viendront bientôt camper jusque sous vos fenêtres. Or je crains fort d'avoir été reconnu hier soir à Truro.

— La rançon de la gloire! soupira-t-elle d'un air narquois.

— Toute chose a son prix, Morgana, répondit-il sans se départir de son calme. Je me demande quel est le vôtre.

— Je ne suis pas à vendre! Vous réussirez peut-être à acheter ma mère, mais pas moi! Je ne m'intéresse pas à vos mirifiques projets de rénovation et je ne serai plus ici pour voir leur réalisation!

— Quel dommage! N'avez-vous pas envie de voir le manoir retrouver son ancienne splendeur?

— Vous allez en faire un de ces innombrables palais de verre et de plastique anonymes et sans âme! Vous n'éprouvez aucun sentiment pour cette maison, c'est d'ailleurs normal, vous n'y êtes pas né, vous ne l'avez pas aimée toute votre vie!

— Quoi qu'il en soit, je dois bien en faire quelque chose!

— Vous pourriez la vendre, suggéra-t-elle lentement.

— En effet. Allez-vous l'acheter?

— Nous n'en avons pas les moyens, vous le savez bien! Mais quelqu'un d'autre est intéressé... Les Donleven, qui nous ont déjà acheté la ferme.

— Les parents de la ravissante Elaine?... Je vois, fit-il avec un petit sourire. Mais cette maison doit rester dans la famille, ne pensez-vous pas?

— Que savez-vous de la famille? s'écria Morgana d'une voix vibrante. Vous n'employez même plus notre nom!

— Il figure néanmoins sur mon certificat de naissance... Vous n'avez pas le monopole de la rancune et des préjugés, Miss Pentreath de Polzion ! On ne m'a pas enseigné à éprouver un grand amour pour cette maison ou ses occupants, voyez-vous !

— Eh bien ! Votre grand-père a enfin obtenu sa revanche !

— Il s'en serait réjoui, s'il avait pu y assister, effectivement, rétorqua-t-il brutalement. Ceci dit, pourrions-nous déjeuner ailleurs qu'à la salle à manger ? Je voudrais parler affaires avec votre mère, la présence des clients nous gênerait.

— Eh bien... Nous mangeons parfois à la cuisine, mais il y a Elsa. Elle fait pratiquement partie de la famille et s'intéresse à tous nos problèmes... Cela peut même devenir ennuyeux à l'occasion.

— Cela ne me dérangera nullement. Après tout, mes décisions la concernent elle aussi.

— Pas nécessairement. Elle pourra très facilement retrouver du travail.

— Elle n'aura pas à en chercher, rétorqua Laurent. Bien entendu, elle aura besoin d'aide.

— Vous feriez bien de la consulter à ce propos, l'avertit Morgana. Elle est d'un caractère assez... fantasque. Cela se reflète dans sa cuisine, à vrai dire.

— Et ma venue l'a-t-elle bouleversée ou puis-je me mettre à table sans crainte ? s'enquit-il en souriant.

Morgana haussa les épaules.

— Si elle a accepté de vous dire la bonne aventure, c'est plutôt bon signe. Surtout si elle vous a trouvé un avenir lugubre. Elsa a un penchant pour les catastrophes.

— Non, elle m'a prédit la richesse et une vie amoureuse mouvementée.

— Ce n'est pas nécessairement de la prescience, vous savez, dit-elle d'un ton pincé. Vous n'avez pas l'air d'un pauvre... ni d'un homme timoré devant les femmes !

Morgana revoyait en pensée le jeu étalé, avec la reine de cœur au milieu... La carte d'Elaine.

— Eh bien je vous remercie de tous vos compliments, ironisa-t-il. Allons-nous rejoindre votre mère ?

— Un petit instant, monsieur Laurent Pentreath Van Guisen ! Je voudrais à mon tour vous poser quelques questions.

— Je vous écoute.

— Nous avez-vous caché d'autres petits détails vous concernant ? Comme une femme et quinze enfants, par exemple ?

— Je ne suis pas marié et, à ma connaissance, je n'ai pas d'enfants. Etes-vous satisfaite ?

— Même si vous aviez un harem cela me serait parfaitement égal, assura-t-elle froidement. J'essaie seulement d'obtenir de vous des réponses sincères. Voyez-vous, je ne vous fais pas confiance. Vous êtes un homme d'affaires, et non un philantrope. L'offre que vous avez faite à ma mère est trop belle. Cela doit cacher quelque chose.

— Vous êtes très perspicace !

Morgana le dévisagea, stupéfaite.

— Vous le reconnaissez donc ?

— Vous m'avez demandé d'être sincère, n'est-ce pas ? répondit-il avec indifférence. Ma proposition est en effet un contrat global. Je veux que votre mère continue à diriger l'hôtel ; je veux qu'Elsa s'occupe de la cuisine ; et je vous veux.

La jeune fille s'empourpra violemment.

— Comment osez-vous ! Vous n'avez pas le droit de m'insulter !

— Pourquoi parler d'insulte ? Vous m'avez demandé une réponse, je vous la donne. C'est la vérité, Morgana. Je vous veux, et je vous aurai !

— Jamais ! Je ne suis pas à vendre, je vous l'ai dit !

— Et je n'achète rien. Vous me donnerez ce que je désire.

— Vous êtes fou ! Je n'écouterai pas un mot de plus !

Elle fit un pas vers la porte, mais d'un bond souple, il lui barra la route et la saisit par le bras. Le contact de ses doigts la brûla.

— Lâchez-moi !

— Quand je le déciderai ! Je donne les ordres, ici !

— Pas à moi ! Je ne travaillerai jamais pour vous !

— Vous changerez d'avis, vous verrez !

— Non ! A présent, lâchez-moi !

— Vous êtes presque convaincante ! déclara-t-il avec un sourire railleur. Ce ton outragé !... Malheureusement, je n'ai pas envie de vous lâcher. Et, si vous êtes honnête avec vous-même, reconnaissez que vous n'en avez pas envie non plus.

— Laissez-moi tranquille ! gronda-t-elle sauvagement.

Sa proximité, la chaleur de son corps mettaient tous les sens de la jeune fille en alerte. Son sang semblait s'être ralenti dans ses veines, tandis que sa respiration s'accélérait dangereusement. Il avait raison... Elle voulait qu'il l'attire plus près encore, qu'il s'empare de ses lèvres sans hâte, pour l'éternité...

Cette constatation lui fit l'effet d'un choc. Le visage en feu, Morgana s'arracha à son étreinte et recula.

— Vos précédentes conquêtes vous sont montées à la tête ! lança-t-elle lorsqu'elle fut hors d'atteinte. A présent, si vous voulez bien m'excuser, j'ai du travail !

Il ne fit pas un geste cette fois pour l'empêcher de sortir. Morgana courut jusqu'à sa chambre et, pour la première fois de sa vie, ferma sa porte à clef. Ses jambes menaçaient de se dérober sous elle, elle dut prendre appui sur le mur pour retrouver son équilibre.

Jamais encore elle n'avait éprouvé à ce point la violence de son propre désir, cet élan impérieux des sens. Et cette révélation l'ébranlait jusqu'au plus profond d'elle-même. Lentement, comme au sortir d'un étourdissement, elle leva les yeux pour contempler son reflet dans le miroir, s'attendant presque à découvrir un autre visage... Intérieurement, elle se savait changée. Elle n'était plus celle qui s'était tenue à cette même place quelques heures plus tôt, brossant longuement ses cheveux...

Fuir. C'était la seule solution. Elle n'avait pas envisagé qu'une attirance physique pourrait avoir raison de son animosité. Elle haïssait Laurent Pentreath Van Guisen, mais, elle ne pouvait le nier, ses lèvres et ses bras avaient sur elle un pouvoir irrésistible.

Elle releva la manche de son pull. La trace des doigts de Laurent y était encore imprimée, comme s'il y avait gravé sa marque.

« Mais il ne me possède pas ! songea-t-elle rageusement. Il ne m'aura jamais ! » Elle devait absolument se tenir à distance. Sinon, elle risquerait de se trahir tout à fait et elle perdrait irrémédiablement tout respect pour elle-même.

Comme il savait bien tirer parti des situations ! La mort de son père et la perte de son foyer l'avaient rendue vulnérable et sans défense... Et en offrant à sa mère cette place, il s'était assuré les services d'une directrice efficace et le respect des villageois. Laurent Pentreath avait bien agi envers la veuve de Martin, dirait-on. Dieu ! Il était méprisable !

Cet après-midi, elle descendrait au village acheter les journaux et commencerait à chercher du travail. Il n'y avait pas de temps à perdre.

Morgana sursauta en entendant des coups légers à sa porte.

— Qui... qui est-ce ?

— C'est moi ma chérie, répondit sa mère d'une voix anxieuse.

— Un instant !

La jeune fille déverrouilla sa porte d'une main tremblante.

— Tu avais fermé ! s'exclama Mme Pentreath avec stupeur. Mais que se passe-t-il ?

— Rien, je… j'avais un peu mal à la tête et je voulais me reposer.

— C'est à cause de Laurent, n'est-ce pas ? Pourquoi prends-tu donc ses taquineries tellement au sérieux, ma chérie ? Tu n'es pourtant pas susceptible d'habitude !

— Eh bien je ne l'aime pas, voilà tout, répondit Morgana avec un faible sourire. Mais je te promets de faire un effort jusqu'à mon départ.

— Ton départ ? Que veux-tu dire ?

— Ton avenir est assuré, dorénavant. Je dois songer au mien, maman chérie.

— Mais tu as un emploi ici ! Laurent ne t'en a-t-il pas parlé ?

— Oh si ! Mais cela n'y change rien. Je n'ai pas l'intention de rester, il le sait pertinemment !

— Il n'en sait rien du tout, riposta sa mère. Dans son esprit, tu dois rester ici et travailler avec moi. Il appelle cela un… un contrat global.

— Je sais, acquiesça sa fille. Quoi qu'il en soit, je pars…

Elle remarqua alors l'air désemparé de sa mère et poussa un soupir résigné.

— … Qu'y a-t-il encore, maman ?

— Eh bien tu… tu n'as pas l'air de bien comprendre la situation… C'est-à-dire… Laurent veut que tout continue comme par le passé, il… il aime l'ambiance de cette maison, vois-tu et…

— Tu sauras la recréer, assura Morgana d'une voix affectueuse.

— Mais tu n'y es pas ! gémit Elizabeth Pentreath. Il veut la *même* ambiance, la *même* équipe ! Elsa, toi et moi, ou aucune de nous trois !

— Oh ! Mon Dieu ! souffla Morgana en s'affaissant.

— Ce sera seulement pour un an, ma chérie, la réconforta sa mère. M. Trevick prépare un contrat en bonne et due forme. Et Laurent essaie simplement d'être gentil, comprends-le ! Pour lui, ces douze mois te donneront le temps de réfléchir à ton avenir...

— C'est si bon de sa part ! Et cela provient de sentiments si purs !

— Chérie ! Je ne te reconnais plus lorsque tu parles ainsi ! lui reprocha sa mère avec tristesse...

Que pouvait-elle faire ? Elle ne pourrait jamais dire à sa mère : « Il veut me séduire. » Ce serait ridicule.

— ... Ne veux-tu pas essayer pour moi ? insista Elizabeth.

Morgana resta silencieuse un moment, déchirée. Puis elle vit le petit visage anxieux de sa mère.

— C'est bon, soupira-t-elle. Je te promets d'essayer.

— Dieu te bénisse, mon enfant ! s'exclama-t-elle, soulagée. Tu ne le regretteras pas ! A présent, descends-tu ? Laurent veut nous parler.

Sans un mot, la jeune fille la suivit. Laurent les attendait dans le hall. Il s'effaça poliment pour laisser passer Mme Pentreath, puis saisit le bras de Morgana.

— J'ai gagné la partie, je crois, chuchota-t-il.

— Mais pas le match, rétorqua-t-elle sourdement. Je continuerai à me battre !

Il éclata de rire.

— Je ne désire pas autre chose, ma petite sorcière ! La victoire finale n'en sera que plus délicieuse !

— Pour l'un d'entre nous.

D'un geste vif, il lui prit les cheveux et tira, obligeant Morgana à lever le visage vers lui. Elle étouffa un cri de douleur et se força à lui rendre son regard sans ciller, le haïssant de tout son être. Il la narguait, la détaillant impudemment d'un œil admiratif.

— Pour tous les deux, fée Morgana, murmura-t-il.

5

Ce fut un déjeuner succulent. Le canard était fondant à souhait et la tarte aux pommes accompagnée d'une jatte de lait caillé était réussie à la perfection. Pourtant, Morgana avala chaque bouchée machinalement, sans en goûter la saveur. Elle avait les yeux rivés sur Laurent.

Assis en face d'elle, il déployait tout son charme pour séduire Mme Pentreath, visiblement conquise. Elsa elle-même, quand elle revenait de la salle à manger, lui lançait des coups d'œil approbateurs. Il parlait des aménagements à apporter à la maison. Ses propositions, la jeune fille devait bien le reconnaître, ne manquaient pas de bon sens. Mais cela ne diminuait pas pour autant son ressentiment envers lui.

— Plusieurs des chambres ont de grandes penderies. C'est de l'espace perdu. On pourrait y installer des cabinets de toilette…

— Ne serait-il pas plus simple d'abattre entièrement la maison et de la reconstruire ? interrompit Morgana d'un ton ironique.

Il ne prit même pas la peine de lui répondre.

— Je vais faire venir Paul Crosbie. C'est un de nos experts en architecture. Il est très compétent. Bien entendu, il faudra respecter le caractère de cette maison.

— Soyons donc reconnaissants des moindres bienfaits... ! maugréa la jeune fille.

Elsa fronça les sourcils.

— Prendrez-vous encore un peu de tarte, monsieur Pentreath ? proposa-t-elle en souriant.

— Non, merci, Elsa. Malheureusement, j'ai beaucoup à faire cet après-midi ! J'aimerais terminer de visiter la maison. Je voudrais voir les greniers en particulier.

— Morgana se fera un plaisir de vous accompagner, assura Mme Pentreath sans conviction.

— Cette comédie est-elle vraiment nécessaire ? lança la jeune fille. La maison est à vous ! Vous n'avez pas besoin d'un guide !

— Vous connaissez son histoire, moi pas !

— J'ai d'autres projets pour la journée !

— Dans ce cas, annulez-les ou retardez-les. Réfléchissez donc, Morgana. Plus vite je verrai la maison, plus vite je partirai. Je suis attendu en Suède la semaine prochaine.

— Nous voilà toutes fortement impressionnées ! railla-t-elle amèrement.

Elle se leva brutalement et sortit de la cuisine. Laurent la rattrapa dans le couloir.

— Fière de vous ? Vos petites piques ne m'atteignent pas, très chère. Vous parvenez uniquement à peiner votre mère. Vous dites vous soucier uniquement de son bonheur, mais vous ne le prouvez guère !

— Je reste ici, n'est-ce pas ? rétorqua-t-elle, furieuse. C'était bien là le but de vos manigances ! Je suis désolée si vous n'aimez pas mon attitude, mais je n'en vois pas d'autre pour vous convaincre que vous m'êtes insupportable !

— Essayez d'abord de vous convaincre vous-même !

Morgana s'empourpra.

— Votre vanité est sans limites !

— Et votre capacité à vous mentir également ! A

présent, pourrions-nous remettre à plus tard cette petite querelle ? Je tiens vraiment à voir ces greniers.

— Qu'allez-vous y installer ? demanda-t-elle en montant les marches d'un air résigné. Un sauna et un salon de beauté ?

— J'apprécie beaucoup vos idées, affirma-t-il sérieusement. Mais en l'occurrence, je me demandais s'il serait possible d'en faire un appartement pour votre mère et vous-même.

— Vous craignez sans doute que nous n'importunions vos clients !

— Au contraire, je voulais plutôt préserver votre intimité... Mais peut-être préférez-vous le système actuel ?

Morgana fut tentée de répondre « oui », mais le bon sens l'emporta.

— Il serait préférable d'avoir un appartement privé, concéda-t-elle. Papa aimait recevoir les clients « en famille », mais c'est parfois lassant.

— Eh bien ! Nous sommes au moins d'accord sur un point !... A quoi servent les greniers pour l'instant ?

Elle haussa les épaules.

— Nous n'y montons jamais. Ils servent de débarras depuis des générations.

Ils s'engagèrent sur l'escalier plus étroit qui y menait. Laurent baissait la tête pour ne pas heurter les poutres.

— Ces boiseries sont probablement pleines de vers, lança-t-il.

— C'est même certain, lui assura Morgana avec indifférence. Bien, nous y voici. Attention, la porte est très basse.

— Vous n'auriez pas dû me prévenir, fit-il de sa voix la plus douce. Vous auriez eu le plaisir de me voir me fracturer le crâne !

La première pièce était remplie de meubles poussiéreux. Laurent leur jeta un coup d'œil superficiel.

— Hum ! Ils doivent être véreux eux aussi. Le mieux sera de les brûler.

— Vous ne pouvez pas faire ça ! protesta la jeune fille. Il y a peut-être des meubles de valeur !

— A mon avis, s'il y en avait, ils auraient déjà été vendus. Néanmoins, si vous voulez procéder à un tri, je n'y vois pas d'inconvénient.

— Vous avez sans doute raison, il ne doit rien y avoir de bien intéressant.

— Quel aveu ! se moqua-t-il. Bien, alors si je les fais brûler, vous ne m'accuserez pas d'être un vandale sans cœur ?

— Aucune de mes accusations ne vous fera jamais changer d'avis.

Laurent esquissa une révérence.

— Je suis heureux de voir que vous commencez à comprendre mon point de vue !... Cette pièce est très spacieuse. Les autres le sont-elles aussi ?

— La plupart, oui. Si mes souvenirs sont bons, les deux du fond sont plus petites.

— On pourrait donc y metttre une cuisine et une salle de bains ?

— Pourquoi pas ? fit-elle avec dédain...

Une idée lui traversa soudain l'esprit. Les yeux rivés sur le sol, elle se mit à tracer des lignes dans la poussière de la pointe du pied.

— ... Si vous transformez vraiment ce grenier en appartement... jusqu'à quel point sera-t-il privé ?... C'est-à-dire, poursuivit-elle hâtivement, quand vous viendrez... enfin, si vous venez, où comptez-vous dormir ?

— Vous semblez nerveuse, la nargua-t-il.

— Si je le suis, vous en êtes seul responsable, maugréa-t-elle les dents serrées. Sincèrement, je ne suis pas habituée à ce genre d'allusions.

— Je ne croyais pas m'être contenté d'allusions,

rétorqua-t-il tranquillement. Qu'y a-t-il, Morgana? Vous avez sûrement déjà été désirée par un homme?

— Je n'ai pas dit le contraire, protesta-t-elle.

— Vous me soulagez!

— Votre prévenance est touchante, mais je n'en veux pas. Ma vie privée ne vous regarde pas!

— Par « vie privée », entendez-vous Robert Dinleven, ou s'agit-il d'un nombre imposant de soupirants?

— Comment avez-vous entendu parler de Rob?

— Oh! Son nom a dû être mentionné au hasard d'une conversation!

— Décidément, vous raffolez de l'espionnage!

— Si l'on veut. Disons plutôt que j'aime disposer de tous les renseignements utiles.

— Je ne vois vraiment pas en quoi Rob entre dans cette catégorie.

— Ah non? J'ai l'intention de lui prendre son amie. Cela me semble une explication suffisante.

— Ne... ne dites plus des choses pareilles, balbutia Morgana d'une voix étranglée. Vos réflexions ne m'amusent pas du tout.

— Moi non plus. Je n'ai même jamais été aussi sérieux...

Leurs regards se croisèrent, et le cœur de Morgana se mit à battre plus vite.

— ... Mais si cela peut vous rassurer, votre mère et vous aurez cet appartement pour vous seules. Etes-vous satisfaite?

— Eh bien... oui.

Il sourit légèrement et passa dans la pièce suivante. La jeune fille le suivit, très déroutée. Ses sautes d'humeur étaient imprévisibles. Comment pouvait-il la déshabiller du regard un instant et s'absorber dans la contemplation d'une poutre l'instant d'après?

— Qu'est-ce là? demanda soudain Laurent en désignant des tableaux empilés contre un mur. D'autres portraits de famille?

— Je ne crois pas... Ce sont principalement des paysages sinistres et de mauvaises reproductions de chiens et de chevaux. Nous les avions gardés à cause des cadres.

Il se mit à les regarder distraitement. Puis il se raidit soudain et lui fit signe de venir le rejoindre.

— Permettez-moi de vous présenter Grand-père Penthreath. Pas le vôtre, le mien. Il a dû être exilé après la grande querelle.

— Oui, sans doute, murmura-t-elle en contemplant le portrait d'un jeune homme au visage mince... Il était très beau !...

Elle regretta aussitôt cette remarque. L'homme du portrait ressemblait trait pour trait à son compagnon. Elle attendit un commentaire ironique, mais Laurent resta silencieux.

— ... Ces disputes familiales sont ridicules, reprit-elle lentement. Elles éclatent... et personne n'a le courage d'y mettre un terme. Je me demande si nos grands-pères se souviendraient encore de la raison pour laquelle ils se sont fâchés à l'origine.

— C'était à cause d'une femme, déclara le jeune homme... N'ayez pas l'air si surprise, notre génération ne détient pas le monopole de la passion amoureuse !

— Ce n'est pas cela, nia-t-elle. Je repense simplement à mon grand-père. Il était très vieux, bien sûr, mais il semblait avoir des principes très stricts et il aimait énormément ma grand-mère. Je l'imagine mal ayant eu des aventures.

— En d'autres termes, tous les séducteurs descendent de ma branche de la famille !

— C'est possible. De toute façon, tous les Pentreath ont une pointe d'extravagance.

— Comment se manifeste-t-elle chez vous ?

Il prit une mèche des cheveux de la jeune fille et la caressa.

— Elle ne se manifeste pas.

— Ah non ?... Vous trouvez donc normal de danser la sarabande autour des rochers, Fée Morgane ?

— Cessez donc de m'appeler ainsi ! Et je ne dansais pas la sarabande ! Si j'avais pu deviner votre présence, je n'aurais jamais...

Elle s'interrompit et le foudroya du regard. Laurent, un sourire aux lèvres, prit le portrait et l'épousseta.

— J'ai envie de le remettre dans la galerie... Si cela ne vous ennuie pas.

— Je vous l'ai déjà dit, je trouve ces querelles stupides.

— Désirez-vous donc conclure une trêve avec moi, Morgana Pentreath ?

— Non !

— Tant mieux, riposta-t-il tranquillement. J'accepterai uniquement votre reddition sans condition !

Il sortit de la pièce. Morgana eut envie de le laisser continuer seul sa visite, mais elle se ravisa. Si elle arrivait à se dominer, tout irait mieux : comme tous les bourreaux, Laurent se lasserait vite de sa victime si elle ne réagissait pas. Elle le rejoignit avec un sourire poli.

— Vous ne trouverez pas de portraits ici, annonça-t-elle. Ce sont uniquement de vieux vêtements et divers objets.

— Je vois... Ne jette-t-on jamais rien dans cette famille ?

— Eh bien, si, mais... En fait, tous ces objets appartenaient à ma grand-mère. A sa mort, mon grand-père a tout fait monter ici. Il devait avoir l'intention de trier ces affaires un jour ou l'autre, mais il n'y a pas réussi. Cela le rendait trop malheureux.

Morgana se tut. Elle se revoyait, petite fille, passant un après-midi toute seule dans ce grenier, à l'insu de tous. A son grand émerveillement, elle avait trouvé une robe aérienne, de voiles de gaz superposés, découpés en pointes comme des pétales de fleurs. Elle l'avait mise, avait trouvé une paire de souliers d'argent à hauts talons... Lentement, avec de grandes précautions, elle avait descendu l'escalier en équilibre instable sur ses talons. Elle tenait les plis de la robe dans ses mains. Elle était la petite princesse de son grand-père, il le lui disait toujours. Et maintenant, elle était habillée comme une princesse !

Aujourd'hui encore, elle se souvenait de la violence de sa réaction. Les yeux étincelants de rage, il s'était dressé, doigt tendu.

— Ote cette robe ! avait-il tonné. Comment oses-tu toucher à ces objets ! Comment oses-tu fouiller ! Ne t'approche plus jamais de cette malle !

La fillette avait fondu en larmes. Sa mère était venue la consoler, gentiment. Le chagrin inspirait parfois d'étranges conduites aux gens, lui avait-elle expliqué. « Il aimait ta grand-mère et il ne se remet pas de l'avoir perdue, avait dit Elizabeth en essuyant les joues de sa petite fille. Il n'est pas en colère contre toi, ma chérie. Tu lui as donné un choc, vois-tu ; tu ressembles tant à ta grand-mère ! »

On n'avait plus reparlé de l'incident, mais il s'était gravé à jamais dans la mémoire de Morgana. Depuis ce jour, elle n'avait plus touché aux malles du grenier.

— Vous devez trouver cela bien sentimental, dit-elle enfin.

— Au contraire, j'apprécie les sentiments, lorsqu'ils sont bien orientés...

Il souleva le couvercle de la malle et poussa une exclamation.

— Eh bien ! Cent ans de mode féminine ! Si les mites ne s'y sont pas installées, un costumier de théâtre serait sans doute ravi de cette aubaine !

Morgana fit la grimace.

— Oui, probablement... J'ai tendance à considérer tout ce qui est dans cette maison comme sacro-saint, avoua-t-elle. C'est un tort, je le sais.

Laurent laissa retomber le couvercle et se redressa.

— Si vous voulez garder quoi que ce soit, faites-le.

La jeune fille frissonna tout à coup, en se souvenant de son enfance si heureuse, du visage sévère de son grand-père...

— Avez-vous froid ? Vous feriez mieux de redescendre. Je vous rejoindrai dans un moment. Je voudrais jeter un coup d'œil aux pièces du fond.

Morgana ne se fit pas prier. Arrivée sur le palier, elle poussa un long soupir. L'atmosphère confinée, poussiéreuse, du grenier lui rappelait trop le passé... Et malgré elle, elle se sentait troublée par ce long tête-à-tête avec Laurent. Elle aurait tant aimé pouvoir lui dire qu'il la laissait indifférente... Mais c'était faux, elle était bien forcée de l'admettre.

La jeune fille descendit pensivement dans sa chambre. « Reddition sans condition ! » Quelle arrogance ! Quelle vanité ! Se croyait-il donc irrésistible ? Oui, ses expériences passées avaient dû l'en convaincre ! Eh bien, elle allait le détromper ! Elle saurait se défendre contre lui et contre elle-même...

Rageuse à présent, elle saisit sa brosse et se coiffa à petits coups nerveux.

— Je ne serai pas une conquête de plus ! murmura-t-elle d'un ton de défi.

Puis, progressivement, son geste se ralentit, la brosse lui glissa des doigts et tomba sur le tapis. La jeune fille se regarda fixement, se posant pour la première fois cette question : « Quel genre de relations voudrais-je avoir avec un homme comme Laurent... ? »

« Non, pas avec « un homme comme »... avec Laurent lui-même. Que lui demanderais-je ?... » Morgana agrippa le rebord de la coiffeuse et ferma les paupières fort, pour ne plus voir ses yeux immenses et sa bouche vulnérable.

Mais elle ne pouvait chasser la petite voix insidieuse, têtue, de son esprit. « Ce que je veux ? La terre et le ciel, et s'il m'aimait... »

Elle couvrit ses lèvres d'une paume de main tremblante, comme si elle avait parlé à voix haute. « Non, ce n'est pas vrai, je dois être folle pour penser des choses pareilles... Cela n'arrivera pas. Je ne veux pas. Je ne peux pas... Je n'ose pas... »

Elle fut très silencieuse tout le reste de l'après-midi. Sa mère, inquiète, lui demanda à plusieurs reprises si elle avait encore la migraine. Morgana la rassura et continua ses tâches quotidiennes comme un automate en écoutant Elizabeth lui décrire joyeusement les projets de Laurent.

Morgana disait oui et non, hochait la tête à point nommé, mais elle était ailleurs... Elle était restée devant son miroir, devant cet instant de vérité terrifiant.

Terrifiant parce qu'elle s'était toujours crue raisonnable et dotée d'un solide bon sens. Or elle ne comprenait plus rien à ses émotions et à ses actions. Ses liens avec Rob étaient agréables, apaisants. Pourquoi alors était-elle tentée d'accepter les plaisirs troubles que lui offrait Laurent ?

Au prix d'un douloureux effort, elle se força à entrer dans la chambre qu'il devait occuper pendant son séjour, pour vérifier s'il n'y manquait rien.

C'était là une des multiples petites choses dont elle avait la charge ; habituellement, un coup d'œil lui suffisait pour s'assurer de tout. Pourtant, Morgana se retrouva au milieu de la pièce, jetant des coups d'œil furtifs autour d'elle comme si elle s'était introduite en territoire étranger.

Soudain, elle entendit des voix dans le couloir et sa mère entra, suivie de Laurent.

— Chérie, il n'y a pas de serviettes. A quoi penses-tu donc ?

Elle sursauta, comme prise en faute.

— Je suis désolée... J'y vais tout de suite.

Elle sortit de la pièce en évitant soigneusement de croiser le regard de Laurent, et revint un moment plus tard, après s'être assurée qu'il avait bien quitté sa chambre.

Sa tournée d'inspection achevée, la jeune fille redescendit au salon. Laurent, lui annonça sa mère, était sorti.

— J'ai parlé de ses projets à Miss Meakins. Cela l'a beaucoup intéressée... et un peu soulagée, je crois : elle aurait eu du mal à trouver une chambre ailleurs en cette saison. Les réservations pour Noël ont déjà commencé.

— Et nous ? Accueillerons-nous des clients pour les fêtes ? s'enquit Morgana en pliant ses longues jambes sous elle.

— Les travaux ne seront certainement pas encore achevés. Te rends-tu compte, ma chérie ! Des douches et le chauffage central ! La maison sera transformée !

— C'est bien là ma crainte, répliqua sombrement sa fille... Laurent a trouvé un portrait de son grand-père au grenier, ajouta-t-elle pour essayer de combattre sa mauvaise humeur.

— Que diable faisait-il là-haut ?

— Sans doute l'y avait-on exilé. Maman, sais-tu ce qui fut à l'origine de la querelle entre Mark Pentreath et Grand-père ?

— Non, ma chérie, personne ne m'a jamais rien dit de cela. Ton père avait horreur d'aborder ce sujet... Je me suis souvent posé la question, surtout après le passage de Giles. Il avait bien mal choisi son moment, le malheureux, avec ta grand-mère malade... Enfin ! c'est vraiment navrant !

— Oui, surtout lorsqu'on en subit les conséquences aujourd'hui ! soupira Morgana.

— Si seulement on pouvait prévoir l'avenir, parfois, reprit Mme Pentreath en cherchant une pelote de laine dans son sac. Oh ! Pas comme Elsa, non ! Je veux dire réellement. On se montrerait sans doute moins irresponsable. Si ton père avait pu imaginer notre situation, par exemple, il aurait agi plus raisonnablement.

— C'est possible. De toute façon, les Pentreath ne sont pas des gens raisonnables dans l'ensemble...

« Et je suis comme eux », ajouta-t-elle intérieurement.

— ... A ton avis, cette querelle aurait-elle pu débuter à cause d'une femme ?

— Une femme ? Quelle curieuse idée ! Pourquoi penses-tu cela ?

— Laurent me l'a dit.

Mme Pentreath posa son tricot.

— Je ne peux pas y croire. Ton grand-père était un mari aimant. Tout le monde s'accorde pour dire qu'il n'en a plus regardé une seule autre après l'avoir rencontrée.

— A propos, toutes les affaires de grand-mère sont encore au grenier.

— Mais oui, c'est vrai ! s'exclama Elizabeth, s'en souvenant seulement à ce moment-là. Ton grand-père avait interdit d'y toucher !

— Oui, je l'avais appris à mes dépens !

— Oh ! mon pauvre trésor ! j'avais presque oublié cet incident ! Je ne l'ai pas dit à l'époque, naturellement, mais j'avais trouvé la réaction de ton grand-père bien excessive ! Tous les enfants adorent se déguiser. Et tu n'avais rien cassé ou abîmé !

— Je te croyais de son côté !

— Ce n'est pas exactement cela. Je comprenais sa réaction, sans être d'accord. Il était le maître incontesté de la maison, ses paroles avaient force de loi. Mes premières années à Polzion n'ont pas toujours été faciles...

Morgana lança à sa mère un regard empreint de sollicitude. Elle avait toujours tout supporté sans protester, avec douceur et patience. La vie avec son grand-père avait dû être bien difficile, en effet. Et plus tard, il lui avait fallu devenir hôtelière, apprendre seule cette profession. En dépit des difficultés matérielles de tous ordres, elle avait réussi à créer cette ambiance chaleureuse et paisible dont Laurent avait parlé le matin même.

Grâce à un salaire régulier et à la fin de ses soucis d'argent, Elizabeth allait peut-être connaître un plus grand bonheur, un véritable épanouissement, songea Morgana.

Mais elle-même, qu'allait-elle devenir ? Elle se sentait vulnérable, sans défense, comme ces feuilles emportées par le vent d'automne. En vingt-quatre heures, elle avait appris à douter de tout, et surtout d'elle-même.

Elle chercha à se rassurer en contemplant le décor familier du salon. Mais cela aussi allait changer.

« Rien ne sera plus jamais comme avant, se dit-elle avec une brusque terreur. Je ne serai plus jamais comme avant. »

Blottie dans son fauteuil, regardant les flammes lécher les bûches dans l'âtre, Morgana essaya de raviver sa haine pour celui qui avait détruit son univers... Elle essaya, mais n'y parvint pas.

6

Laurent ne rentra pas de l'après-midi. En début de soirée, il téléphona pour annoncer qu'il dînait dehors. Morgana raccrocha assez brutalement et retourna dresser la table à la salle à manger.

— Il se croit dans un hôtel! grinça-t-elle d'une voix sourde.

L'absurdité de sa propre remarque lui arracha un sourire...

La soirée avançant, la jeune fille se sentit gagnée par l'impatience. Elle relisait ostensiblement les aventures de David Copperfield, mais malgré elle, elle avait l'oreille tendue, guettant le bruit d'un moteur, incapable de se concentrer sur sa lecture.

Lorsque la porte s'ouvrit enfin, ce fut pour laisser passer le major Lawson. Il avait passé la journée à Londres.

— Il fait très froid, ce soir, annonça-t-il en s'avançant dans la pièce. Il risque fort de geler cette nuit!

— Mon Dieu! s'exclama Mme Pentreath. Ainsi, Elsa avait raison! Elle annonce un hiver rigoureux depuis plusieurs semaines!

Le major rit gentiment.

— Les prophéties d'Elsa m'ont toujours beaucoup amusé, mais j'avoue ne pas y avoir accordé foi jusqu'à aujourd'hui. Cependant, elle m'a affirmé ce matin que c'était mon jour de chance, et mon voyage à Londres semble bien confirmer cette prédiction.

— Il s'est passé quelque chose ? s'enquit Elizabeth.

— Oui, j'ai eu une bonne nouvelle. J'avais rendez-vous avec mon agent littéraire. Un éditeur se propose d'acheter mon roman.

Morgana sursauta et sa mère poussa une exclamation stupéfaite.

— Seigneur !

— J'ai eu exactement la même réaction, sourit le major en s'asseyant.

— Quel genre de roman est-ce ? lui demanda Morgana. En avez-vous déjà écrit plusieurs ?

— Non, c'est mon premier. C'est un roman policier. Je suis en train d'écrire le second en ce moment. C'est pourquoi vous m'entendez si souvent taper à la machine.

— Quelle excellente nouvelle ! le félicita chaleureusement la jeune fille.

— Je l'espère, oui. En réalité, je suis assez mitigé. Cela risque de bouleverser mes habitudes de vie tranquille.

— Oh ! Vous envisagez de nous quitter ? s'écria Elizabeth.

— Certainement pas ! Mais mon agent m'a prévenu : la publicité faite autour de cette publication sera sans doute assez pénible.

— Nous allons tous devoir nous habituer à la publicité, soupira Morgana d'un air résigné. Le nouveau propriétaire de la maison est à la tête de la corporation Van Guisen-Laurent. Nous l'avons appris aujourd'hui.

— Van Guisen-Laurent ! Mais c'est une firme de renommée internationale ! Ne le saviez-vous pas ?

— Pas du tout. Laurent a essayé de m'expliquer tout cela aujourd'hui, c'est assez compliqué : sa mère était une Laurent. Après la mort de Giles — leur mariage, apparemment, a été un échec —, elle a épousé un Van Guisen. Laurent et sa demi-sœur ont hérité de tout.

Morgana, les yeux fixés sur sa page, essayait vainement de donner un sens aux petites lettres noires qui dansaient devant elle. Elle ne pouvait s'empêcher d'écouter la conversation entre sa mère et le major avec un intérêt et une crainte croissants. Elizabeth parlait des projets de Laurent et le major lui fournissait des informations sur la firme. C'était une corporation extrêmement puissante, dans des branches très diversifiées, allant des compagnies pétrolières à la construction d'usines en passant par l'aéronautique.

Morgana comprenait mieux ce qui l'attirait chez Laurent : il émanait de lui une impression de puissance redoutable. C'était un homme habitué à diriger, à commander. Un « magnat », selon l'expression consacrée.

Et tout cela creusait plus encore le gouffre béant entre Laurent et elle. Pour lui, elle serait seulement un interlude, une diversion bienvenue dans ces Cornouailles isolées. Une fois la transformation de Polzion achevée, il retournerait à son univers de gratte-ciel, de salles de conseils et d'aéroports. Morgana n'aurait pas de place dans tout cela. D'ailleurs, à la décharge de Laurent, il ne lui avait pas laissé d'illusions.

Enfin, heureusement, la conversation revint sur le roman du major. Comme c'était plaisant de regarder sa mère l'écouter, attentive, le visage rayonnant d'enthousiasme. Brièvement, sans vraiment s'y arrêter, Morgana songea que le major devait partager cette opinion. Il s'adressait aussi à Morgana en parlant, bien sûr, mais c'était par pure courtoisie, elle en avait la conviction. Les gens avaient toujours aimé se confier à Elizabeth Pentreath. Et le major était seul. Il était veuf, avait-il expliqué un jour, tout au début. La mère et la fille devaient être comme une famille pour lui. D'ailleurs, il dédaignait la petite pièce où Miss Meakins regardait la télévision tous les soirs et préférait s'installer en leur compagnie au salon, toujours discret, plongé dans la lecture de son journal ou dans un mot croisé.

Finalement, Morgana se leva et prit congé. Il était tard, elle était fatiguée. Pourtant, une fois dans son lit, elle ne put trouver le sommeil. Elle resta très longtemps, les yeux grands ouverts dans le noir, écoutant l'horloge du salon égrener les quarts d'heures.

Lorsqu'elle s'assoupit enfin, elle rêva qu'elle cherchait Laurent dans une enfilade interminable de pièces où des gens bavardaient et riaient. Tous lui étaient inconnus à l'exception d'Elaine, radieuse et triomphante, déguisée en reine de cœur.

Morgana se réveilla abattue et nerveuse. La vue du jardin scintillant de givre ne parvint pas à la sortir de son découragement. Pour comble, elle était en retard. Elle fit sa toilette en toute hâte, enfila un jeans et un pull et descendit l'escalier quatre à quatre.

Elsa et sa mère s'occupaient déjà du petit déjeuner. Morgana entra à la cuisine en coup de vent, marmonna une excuse et saisit une assiette de toasts et un pot de café.

Elle eut un choc en apercevant Laurent, assis seul à une petite table près de la fenêtre. Miss Meakins et le major étaient déjà servis, le café et les toasts devaient être pour lui. A contrecœur, elle s'approcha et les posa devant lui. Puis elle voulut repartir mais il lui saisit le poignet.

— Rien ne presse, dit-il à voix basse. Asseyez-vous donc et prenez une tasse de café avec moi.

— Non merci, j'ai du travail ce matin.

— Moi aussi. Cela ne nous empêche pas de nous offrir une petite pause courtoise avant de commencer la journée.

Miss Meakins observait avidement la petite scène.

— Je n'ai pas de temps pour les pauses, courtoises ou autres. Si vous voulez bien m'excuser...

— Vous semblez pourtant en avoir bien besoin, coupa-t-il en scrutant son visage tendu. Que se passe-t-il ? Avez-vous mal dormi ?

— Comme une souche ! contra sèchement Morgana. Et vous ? Avez-vous passé une bonne nuit ? Le lit était-il confortable ?

— Il aurait pu l'être davantage.

— Oh ! Je suis navrée ! murmura-t-elle. Vous devriez en parler à ma mère, elle trouvera certainement une solution !

— J'en doute… Mais je saurai patienter. Les choses s'arrangeront certainement.

Il lui sourit avec une exquise politesse, une lueur diabolique dansait au fond de ses yeux. Morgana s'empourpra et sortit vivement de la salle à manger.

Comme elle traversait le hall, le téléphone sonna. C'était Rob. Encore furieuse, elle lui répondit d'un ton agressif. Le jeune homme s'en étonna et lui demanda si elle avait un problème.

— Oh ! Non… non, tout va bien ! Que vouliez-vous, Rob ?

— Je comptais vous annoncer l'arrivée de notre nouveau cheval, si cela vous intéresse ! répondit-il avec une pointe de sécheresse.

— Oh ! C'est merveilleux ! Comment est-il ?

— Il est un peu trop tôt pour le savoir, dit-il, aussitôt radouci, mais il semble excellent, et doté d'un très bon caractère. Pensez-vous pouvoir vous libérer une heure pour venir le voir ?

— Voilà une invitation qui ne se refuse pas ! Aurai-je le droit de le monter un moment ?

— Peut-être, si vous êtes gentille ! la taquina-t-il. Elaine n'a plus envie de s'en servir pour l'école.

— Mais ne l'aviez-vous pas acheté justement pour cela ? Pour remplacer Echec-et-Mat ?

— Oui, c'était notre intention au départ, mais Elaine

a changé d'avis en le voyant. Elle le trouve trop bon pour laisser des novices le monter.

Cela lui ressemblait bien ! songea Morgana. Pourtant, l'école avait bien besoin d'une bonne monture. Leur dernière acquisition, Echec-et-Mat, était un bai magnifique, à l'air paisible. Malheureusement, il s'était révélé capricieux, sinon méchant, à l'usage. Il mordait et ruait fréquemment, et si son cavalier donnait le moindre signe d'incertitude, il se cabrait et faisait des écarts pour le désarçonner.

Morgana dit au revoir à son interlocuteur et promit de venir le plus tôt possible. Elle avait grande envie de voir le nouveau cheval... et surtout, cela lui fournirait une excellente excuse pour sortir de la maison.

Elle l'annonça à sa mère d'un air délibérément détaché, mais Elizabeth fronça un sourcil désapprobateur.

— Voyons, ma chérie, Laurent risque d'avoir besoin de toi !

— J'en doute. Nous avons fini de visiter la maison hier. J'ai tout de même le droit de penser également à moi !

— Oui, bien entendu... Cependant, il est notre employeur à présent. Nous devrions peut-être le consulter avant de nous absenter.

— Je ne crois pas ! rétorqua vivement la jeune fille. Nous ne lui appartenons pas corps et âme !

— Taratata ! On s'est levé du pied gauche ce matin ? gronda Elsa, entrant à ce moment-là.

— Oh ! Pour l'amour du ciel ! éclata Morgana.

Le visage furibond, elle sortit l'aspirateur du placard. Le ménage des chambres la calmerait peut-être. L'effort physique avait toujours eu un effet apaisant sur elle. Mais ce matin-là, cela ne servit à rien.

Lorsqu'elle redescendit ranger l'aspirateur, elle jeta un regard de défi à sa mère et lui annonça qu'elle allait à la ferme.

— Je rentrerai à temps pour dresser la table du déjeuner.

— D'accord, ma chérie, répondit sa mère sans lever les yeux de son cahier de comptes. Laurent t'attend. Il a proposé de t'emmener en voiture.

— C'est vraiment fort aimable à lui, mais je préfère notre voiture.

Elizabeth soupira.

— Comme tu voudras. Pourtant, tu ferais mieux d'aller avec lui. La batterie donne des signes de défaillance, depuis quelques jours.

— Dans ce cas, j'irai à pied, déclara résolument Morgana.

Elle monta à sa chambre prendre une écharpe en fredonnant un petit air. Sitôt la porte ouverte, la chansonnette mourut sur ses lèvres. Laurent était assis sur le rebord de la fenêtre.

— Que faites-vous ici ? l'apostropha-t-elle.

— Je vous attends. Vous alliez certainement venir ici vous faire belle pour votre soupirant et si je vous attendais en bas, nous risquions de nous manquer.

Son expression ironique démentait cette explication donnée sur un ton doucereux. Il avait deviné les intentions de Morgana et cherchait à l'en empêcher.

— Merci beaucoup, mais c'était inutile. Je compte me rendre à la ferme par mes propres moyens. Je ne voudrais surtout pas vous imposer ce détour.

— Ce n'est pas un détour, j'y vais également.

— Vous... y allez ? balbutia-t-elle, prise de court.

— Voyez-vous, j'ai décidé d'accepter l'invitation de la ravissante Elaine hier soir, ou plus exactement, je l'ai invitée. Nous avons dîné dans un endroit appelé la Carte Blanche ; vous connaissez ?

— J'en ai entendu parler...

Ainsi, voilà où il avait passé la soirée... Avec Elaine Donleven. Cela ne devrait pas la surprendre. Elaine lui avait clairement manifesté de l'intérêt la veille, et il avait tôt fait de répondre à ses avances.

— ... Vous... ne perdez pas votre temps, reprit-elle.

— Comment le pourrais-je ? Comme je vous l'ai déjà dit, je dois partir dans une semaine.

— Et vous allez à la ferme... pour voir Elaine ?

— Elle m'a proposé de me montrer les écuries, acquiesça-t-il.

— Vous vous intéressez donc aux chevaux ?

Il haussa les épaules.

— Un peu, oui. Mon beau-père en avait quelques-uns dans sa propriété du New Hampshire, mais je n'ai pas souvent eu l'occasion de les monter.

— Mon Dieu ! s'exclama Morgana en ouvrant de grands yeux. Aurions-nous enfin découvert un domaine dans lequel le célèbre Laurent Van Guisen n'excelle pas ?

— J'étais peut-être trop occupé à me perfectionner dans d'autres domaines, répliqua-t-il avec un regard éloquent. Désirez-vous une démonstration ?

— Je vous remercie, mais c'est non, merci ! A présent, veuillez avoir l'obligeance de sortir de ma chambre !

— S'il le faut. J'ai déjà vu des femmes se brosser les cheveux et se mettre du rouge à lèvres, vous savez ?

— Et si j'ai l'intention de me changer ?

— Pour monter à cheval ?...

Il détailla tranquillement sa silhouette moulée dans un blue jeans.

— ... Je ne crois pas. Et dans un cas comme l'autre, je préfère rester, ajouta-t-il en guettant sa réaction.

— Au diable vos préférences ! Je désire simplement disposer d'un peu d'intimité !

— Vous avez cinq minutes, la prévint-il. Elaine a déjà appelé pour savoir où nous étions.

— Où *vous* étiez, rétorqua Morgana d'un ton acerbe. Je doute fort qu'Elaine s'intéresse à moi !

— J'en doute aussi, dit-il doucement. Mais vous n'allez pas lui rendre visite à elle, de toute façon. Si je ne m'abuse, c'est son frère que vous allez voir.

— Il n'est pas nécessaire de beaucoup réfléchir pour le deviner !

La jeune fille ouvrit violemment la porte de son placard et en sortit sa vieille veste de tweed aux manches éliminées. Elle ne se souciait pas de sa tenue ! s'affirma-t-elle rageusement. Elle n'avait jamais pu prétendre rivaliser d'élégance avec Elaine, et elle n'allait pas commencer maintenant ! Elle sortit un carré de soie d'un tiroir, le noua sur ses cheveux et se tourna vers Laurent.

— Je suis prête, annonça-t-elle.

Il inclina courtoisement la tête mais ne fit pas de commentaire. S'il avait l'habitude de patienter des heures pendant que les femmes se préparaient, cette petite séance avait dû être une véritable révélation pour lui. Elaine, par exemple, devait passer un temps fou devant son miroir avant de se présenter, tirée à quatre épingles et parfaitement maquillée en toute occasion. Elle-même n'avait jamais eu le temps, ni le désir, d'en faire autant. Et de toute façon, elle ne pouvait pas s'offrir le luxe d'acheter des produits de maquillage coûteux. Elle avait la chance d'avoir une peau claire et saine, et des yeux bordés de cils épais. Elle se trouvait raisonnablement jolie, mais ne se berçait pas d'illusions : elle ne ferait jamais tourner les têtes sur son passage.

— Ma voiture est garée devant la maison, annonça-t-il en ouvrant la porte d'entrée et en s'effaçant pour la laisser passer.

— Je m'en aperçois ! murmura-t-elle d'une voix faible.

Un luxueux coupé sport, gris argent, attendait devant le perron.

— Voulez-vous conduire ?

— Oh non ! s'écria-t-elle, épouvantée à l'idée de conduire cette voiture puissante.

— Elle n'est pas plus difficile à manier qu'un manche à balai de sorcière, je vous assure !

Elle accueillit ce rappel ironique de leur première rencontre par un regard glacial.

— Je préfère me contenter de voitures moins fougueuses, répliqua-t-elle simplement.

— « Fougueuse » me semble pourtant vous convenir parfaitement.

— Mais vous ne me connaissez pas vraiment, n'est-ce pas ? Vous vous êtes fait une opinion hâtive de moi et vous essayez à tout prix d'en trouver des confirmations.

— Ne discutons pas de mon opinion sur vous, suggéra-t-il d'une voix douce. Elle semble vous irriter au plus haut point.

Elle ne se souciait pas le moins du monde de son opinion, fut-elle sur le point de répliquer ; mais elle se ravisa à temps.

Morgana monta dans la voiture en observant un silence prudent et elle s'absorba dans la contemplation du tableau de bord. Elle n'avait jamais vu autant de boutons et de manettes.

— Pourquoi souriez-vous ? demanda Laurent en s'asseyant au volant.

— Le jour de votre arrivée, je me suis demandé si vous n'aviez pas pris un mauvais virage et si vous n'étiez pas tombé de la falaise, expliqua-t-elle. Mais avec cette voiture, cela n'aurait sans doute pas eu d'importance. Il suffit de pousser un bouton pour la transformer en avion supersonique à siège éjectable, j'imagine !

— Je ne vous conseille pas d'essayer.

Il fallait bien le reconnaître, Laurent conduisait à la perfection. Le moteur puissant ronronnait sous sa direction et la voiture abordait les virages en souplesse. Du coin de l'œil, Morgana observait ses mains sur le volant, ses longs doigts flexibles, ses ongles impeccables... Elle se souvenait du contact de ces mains sur elle. La même habileté, songea-t-elle. Et elle réprima un frisson.

Lorsqu'ils atteignirent la ferme, Morgana lui indiqua où se garer. Rob, sortant des écuries, vint à leur rencontre, un chaleureux sourire aux lèvres destiné uniquement à la jeune fille.

— Bonjour, Morgana chérie ! Comment allez-vous ? Bonjour, Van Guisen.

Laurent descendit de voiture et jeta un coup d'œil autour de lui. Ici, il ne trouverait rien à critiquer, rien à transformer ou à améliorer. Les bâtiments étaient en bon état, les écuries parfaitement entretenues.

Le jeune homme posa de nombreuses questions. C'était bien normal, il était un homme d'affaires. Et Rob répondit de bon gré.

— Vous n'avez pas l'intention de monter une affaire similaire à Polzion, j'espère, plaisanta-t-il au bout d'un moment.

En réalité, sa plaisanterie cachait une légère crainte : même en été, il n'y avait pas suffisamment de clients pour faire prospérer deux écoles d'équitation.

Laurent secoua la tête.

— Au contraire, je me demandais si je ne pourrais pas vous apporter une clientèle plus nombreuse... Votre père n'a jamais songé à s'unir aux Donleven pour proposer des séjours aux cavaliers amateurs à des prix réduits ? ajouta-t-il en se tournant vers Morgana.

— Non, jamais, répondit-elle sèchement.

Son père n'était pas un homme d'affaires très compétent, et Laurent le savait pertinemment.

— L'idée me semble intéressante approuva Rob. Nous devrions en discuter sérieusement un de ces jours.

— Très volontiers. Je passerai souvent dans la région dans les mois à venir.

Ah vraiment ? songea Morgana, furieuse. Première nouvelle !

Elaine arriva à ce moment-là, ravissante dans sa tenue de cavalière achetée chez un excellent couturier. Laurent l'accueillit avec le sourire... Il avait sans doute une excellente raison pour prolonger son séjour en Cornouailles. Son regard exprimait la plus vive admiration. A juste titre, reconnut Morgana en son for intérieur.

Elle regarda Elaine s'épanouir comme une fleur au soleil en saluant Laurent. Elle déployait tout son charme pour le séduire, subtilement, gracieusement.

A sa grande stupeur, Morgana sentit ses ongles s'enfoncer dans ses paumes de mains. Que lui arrivait-il ? se morigéna-t-elle. Ce serait une solution idéale ! Elaine et Laurent venaient du même monde, ils étaient invités dans les mêmes réceptions, ils parlaient le même langage. Elaine ne se laisserait pas éblouir par le jeune magnat de Van Guisen-Laurent comme une petite villageoise ignorante.

« Et moi, pensa Morgana, je serais tranquille. S'il passait son temps avec elle, il ne s'occuperait plus de moi, je pourrais me détendre un peu, je n'aurais plus besoin de m'inquiéter de ses manœuvres. »

Elle aurait dû se réjouir à cette idée ; en être profondément soulagée, en tout cas. Pourtant, elle se sentait étrangement vide, glacée. Une douleur presque physique la traversa quand elle vit Elaine poser une main caressante sur le bras de Laurent et lever vers lui un visage radieux.

« Seigneur ! Je suis jalouse !... Non, c'est impossible, je ne peux pas... je ne *dois* pas... Sinon, cela voudrait dire... Non ! »

Vaguement, comme s'ils étaient très loin, elle entendit Elaine murmurer quelques mots : « ... terriblement flattée », et la voix de Laurent, chaude et sensuelle : « Je n'ai pu résister au désir de venir. »

Morgana eut envie de les interrompre, de leur lancer une remarque acerbe, insolente, mais elle se mordit la lèvre.

— A quoi pensez-vous ? lui chuchota Rob à l'oreille.

— Si vous saviez ! plaisanta-t-elle en se forçant à sourire.

— Je m'en doute. Mais au moins, vous gardez votre foyer. Il a parlé de ses projets à mes parents hier soir, en attendant Elaine.

— Ce ne sera plus vraiment notre foyer, objecta-t-elle. Lorsqu'il aura achevé les transformations, Polzion ne sera plus reconnaissable. De toute façon, je n'ai pas l'intention d'assister à cette métamorphose. Il m'a demandé de rester un an et j'ai accepté, pour ma mère. Lorsqu'elle sera installée dans sa nouvelle vie, je partirai. Qui sait, j'apprendrai peut-être un métier s'il n'est pas trop tard !

— Mais non, il n'est pas trop tard, la rassura gravement le jeune homme. Vous êtes encore presque une enfant... Morgana, reprit-il après une brève hésitation, vous n'êtes pas obligée d'aller ailleurs, vous le savez, n'est-ce pas ? Je ne vous en ai pas parlé, il était encore trop tôt, après la mort de votre père, mais...

— Il est encore trop tôt, l'interrompit-elle avec douceur. Mais je vous remercie, Rob. Allons-nous voir ce cheval à présent ?

C'était vraiment un splendide animal, aux longues jambes, fin et délié. Morgana poussa une exclamation de ravissement.

— Qu'il est beau !... Rob, avez-vous une pomme ?

Le jeune homme lui apporta la friandise demandée, et Morgana l'offrit à Bel Canto. Le cheval saisit délicatement la pomme et lui souffla sur les doigts pour la remercier.

— Oh oui, tu es un parfait gentleman ! lui dit-elle tendrement.

« Contrairement à d'autres », allait-elle ajouter en

pensant à Echec et Mat, mais elle se retint à temps. Etant donné les circonstances, sa remarque risquait d'être mal interprétée... Toutefois, cela lui donna une idée...

Elle se tourna vers Rob avec un grand sourire.

— Et comment va Echec et Mat ? s'enquit-elle d'un air détaché.

— Oh ! Comme toujours, il ne change pas.

Ils se dirigèrent vers le box du jeune bai. Echec et Mat paraissait parfaitement doux et docile. Mais Morgana se garda bien de lui offrir une pomme.

— Carnivore ! lui lança-t-elle à voix très basse.

— Celui-ci aussi est très beau ! admira Laurent en s'approchant à son tour.

Morgana jeta un bref coup d'œil à Rob. Immanquablement, il allait énumérer les défauts de l'animal capricieux. Sans lui laisser le temps de parler, elle lui décocha discrètement un coup de pied dans le tibia. Rob lui lança un regard de douloureux reproche, mais il comprit l'allusion et ne dit rien.

Au bout d'un moment, Laurent s'éloigna pour parler à Elaine.

— Que se passe-t-il ? souffla Rob.

— Si nous proposions à Laurent de monter... sur Echec et Mat ? suggéra-t-elle à voix basse.

— Non ! rétorqua-t-il aussitôt.

Morgana lui posa la main sur le bras et prit son expression la plus candide.

— Oh Rob ? Pourquoi pas ? Nous pourrions aller dans l'enclos, ainsi il tomberait sur l'herbe ! D'ailleurs, il me parlait ce matin encore de ses dons de cavalier, ajouta-t-elle perfidement...

Après tout, ce n'était pas vraiment un mensonge, songea-t-elle pour soulager sa conscience.

— ... Voyons de quoi il est capable. D'après Elaine, Echec et Mat sait reconnaître son maître ! Allons, Rob ! Il ne court aucun risque, insista-t-elle. Je voudrais juste le voir tacher de boue ses vêtements immaculés. Depuis son arrivée à Polzion, il ne cesse de donner des ordres à droite et à gauche. J'aimerais tant qu'il se ridiculise, pour une fois !

— Elaine n'acceptera jamais, affirma-t-il d'un ton sans réplique.

— Elle n'a pas besoin de le savoir ! Si elle allait faire du café, par exemple, nous pourrions seller le cheval en deux minutes. Je vous aiderai !

Rob poussa un soupir résigné.

— C'est bon, vous avez gagné ! Mais s'il est blessé, j'espère que notre assurance couvrira les frais ! J'ignore à combien se monte un millionnaire de nos jours.

Telle la main du destin, Mme Donleven arriva à ce moment-là.

— Te voici, ma chérie ! s'exclama-t-elle en apercevant sa fille. La petite Templeton est au téléphone. Elle veut te parler d'une soirée... Tu es au courant, m'a-t-elle affirmé.

— Oui, en effet, répondit Elaine d'un air agacé. Je la rappellerai plus tard.

— Elle tient à te parler tout de suite. Je lui ai bien expliqué que tu étais occupée mais...

— Oh c'est bon ! J'arrive !

— Si tu en profitais pour nous préparer du café ? lui lança son frère comme elle s'éloignait déjà.

Après le départ des deux femmes, Rob se tourna vers Morgana.

— Eh bien ? Avez-vous envie de monter Bel Canto ?

— Essayez donc de m'en empêcher ! sourit-elle. Enfin... à moins que Laurent n'en ait envie, ajouta-t-elle en se tournant vers le jeune homme.

— Je ne voudrais surtout pas vous priver d'un tel plaisir, affirma-t-il galamment.

— Et si vous en preniez un autre pour m'accompagner ? suggéra-t-elle comme si cette idée venait tout juste de lui traverser l'esprit.

— Non merci, je ne raffole pas de ce genre d'exercice.

Rob eut l'air soulagé.

— Allons donc ! Vous ne pouvez pas visiter une écurie sans monter à cheval ! insista-t-elle vivement. Rob va vous trouver une monture paisible, au cas où vous redouteriez de vous ridiculiser devant Elaine.

Une lueur s'alluma au fond des yeux du jeune homme.

— C'est entendu. Lequel me conseillez-vous ?

— Eh bien... balbutia Rob. Pourquoi pas Echec et Mat ? Vous l'admiriez tout à l'heure.

— Parfait.

Les mains de Morgana tremblaient tant qu'elle eut du mal à seller Bel Canto. Celui-ci, sentant sa nervosité, s'agita, inquiet.

— Tout doux, mon beau, tout doux ! murmura-t-elle.

Rob sortit Echec et Mat dans la cour. La jeune fille eut soudain la gorge sèche. Oh ! Pourquoi avait-elle eu cette idée absurde ! Si seulement Elaine pouvait revenir pour mettre un terme à tout cela !

— Allez dans l'enclos avec Bel Canto, lui conseilla Rob. Faites-le tourner deux ou trois fois avant de commencer les sauts.

Elle acquiesça et se mit en selle. Mais tout son plaisir s'était évaporé. Elle avait voulu humilier Laurent aux yeux de tous, et surtout aux yeux d'Elaine... A présent, elle avait peur. Il était trop tard pour reculer.

Morgana se dirigea vers l'enclos, suivie de Laurent et de Rob, monté sur Bunter. Echec et Mat était parfaitement tranquille. Mais il pouvait changer d'une minute à l'autre. Rob s'approcha d'elle.

— Elaine m'en voudra à mort, chuchota-t-il.

La jeune fille voulut le rassurer et se rassurer elle-même. Au même instant, Echec et Mat se réveilla. Avec un hennissement sauvage, il se cabra et se mit à faire des bonds désordonnés, lançant ses pattes arrière haut dans le ciel pour désarçonner son cavalier. Morgana blêmit et se couvrit la bouche de la main pour ne pas hurler. Laurent tenait bon, mais il allait être éjecté d'un instant à l'autre. Elle ferma les yeux. La voix d'Elaine retentit, vibrante d'angoisse et de rage.

— Que se passe-t-il ici ?

— Il ne se vantait pas ! s'exclama Rob au même moment. Il est fantastique ! C'est un cavalier hors pair !

Comme dans un rêve, Morgana ouvrit les yeux. Le cheval venait de franchir la barrière de l'enclos et partait au grand galop.

— Il s'est emballé ! s'écria-t-elle, terrorisée.

— Mais non ! rétorqua Rob d'un ton enjoué. Il a enfin trouvé son maître, voilà tout ! Votre petite plaisanterie a tourné court, ma chère !

Elaine se précipita vers eux à grandes enjambées, livide de colère.

— Qui a eu cette brillante idée ? lança-t-elle. Je n'ai pas besoin de le demander, d'ailleurs, ajouta-t-elle en jetant un regard accusateur à Morgana.

— Allons ! C'était une plaisanterie, s'interposa Rob d'une voix apaisante.

Mais Elaine fixait toujours la jeune fille avec une haine non dissimulée.

— Je vais ramener Bel Canto dans son box, déclara précipitamment Morgana.

— C'est une excellente idée ! jeta Elaine. Et j'en ai une encore meilleure ! Dorénavant, n'approchez plus de mes chevaux et de ces écuries, petite chipie !

Morgana eut l'impression de recevoir une gifle.

— Pour l'amour du ciel, calme-toi ! s'écria Rob, très rouge. Je suis aussi coupable qu'elle sinon plus. J'aurais pu refuser de laisser Laurent monter ce cheval, ou du moins l'avertir. De toute façon, il aurait sans doute pris mes conseils pour un défi et il aurait insisté pour l'avoir…

Morgana l'interrompit d'un geste.

— Laissez, Rob. Elaine a raison d'être en colère. Je me suis conduite comme une idiote.

Sans plus attendre, elle retourna à l'écurie. Elle voulait desseller sa monture, la bouchonner, lui donner à boire et repartir le plus vite possible. Elaine allait se faire une joie de désigner la coupable à Laurent dès le retour de celui-ci, et elle n'avait aucune envie de subir ses reproches en public.

Elle accomplit tous les gestes machinalement, donna une tape d'adieu à Bel Canto, et se dirigea vers la sortie.

Une ombre gigantesque se dessina sur le sol. Avant même de lever les yeux, Morgana sut de qui il s'agissait. Pourtant, elle poussa un cri de frayeur et voyant la haute silhouette de Laurent se découper dans l'embrasure de la porte et s'avancer vers elle à pas mesurés.

7

Instinctivement, Morgana recula. C'était absurde, s'assura-t-elle. Rob et Elaine devaient être dans les environs et de toute façon, elle risquait tout au plus de se faire vertement tancer.

— La promenade vous a plu ? s'enquit-elle d'une voix volontairement enjouée.

— Je l'ai trouvée très vivifiante...

Le ton de sa voix la fit frémir malgré elle.

— ... J'aurais dû faire le rapprochement, bien sûr. Echec et Mat : Mort au Roi... Ou peut-être n'aviez-vous pas l'intention d'aller si loin ?

— Non, bien sûr... Et d'ailleurs, ça n'a pas été le cas.

— En effet. Mais ce n'est pas grâce à vous, dit-il d'une voix trop douce. Vous me preniez pour un débutant.

— Vos propos semblaient le suggérer.

— A votre tour, vous vous êtes fait une opinion hâtive de moi... et fausse en l'occurrence.

— Oui, apparemment...

Elle haussa les épaules.

— ... Bien. Puis-je considérer que j'ai reçu une tape sur la main et partir, je vous prie ?

— Non, vous ne le pouvez pas. A titre d'information, ce n'est pas votre main que j'ai l'intention de taper.

— Je vous interdis de poser un seul doigt sur moi ! s'écria-t-elle d'une voix étranglée.

— Pas un doigt, ma chère petite, mais ma main entière. Et je ne me contenterai pas de la poser !

Il ne se contenterait pas non plus de la menacer, comprit-elle avec une frayeur croissante. Il allait la frapper ! Elle voulut hurler « Robert ! » mais seul un petit cri étranglé sortit de sa gorge.

— Il ne vous entendra pas, affirma Laurent en s'avançant encore. Il est encore dans l'enclos avec Elaine. J'ai jugé préférable de vous administrer votre remède en privé !

Avec un peu de chance, elle arriverait à atteindre la porte, si elle courait assez vite... Ses yeux se portèrent sur la cour ensoleillée. Laurent secoua la tête.

— Je ne vous conseille pas d'essayer.

Morgana ne pouvait plus reculer. Elle avait le dos contre le portillon de bois d'un des boxes. Comme elle hésitait, Laurent tendit le bras et la tira violemment vers lui. Elle poussa un cri et s'agrippa au pull du jeune homme pour garder l'équilibre. Mais déjà, il avait posé un genou à terre et la jetait à plat ventre sur l'autre, lui maintenant rudement les deux mains dans le dos.

Ce fut la pire humiliation de sa vie. Dix fois, la main de Laurent se leva et s'abattit sur elle, inexorable, tandis qu'elle se débattait et se tordait pour lui échapper. Lorsqu'il la relâcha enfin, Morgana avait les larmes aux yeux, des larmes de honte et de rage.

— Monstre abject ! fulmina-t-elle.

— Je connais un certain nombre d'épithètes qui vous iraient à merveille !

Il ne semblait aucunement regretter son geste et la regardait tranquillement s'essuyer les yeux du dos de la main, comme une petite fille.

— J'aurais voulu qu'il vous envoie à terre ! Qu'il vous brise le cou ! cria-t-elle.

— Oui, je sais. Navré de vous décevoir, Fée Morgane, mais je n'ai pas l'intention de mourir juste pour vous permettre d'hériter de ce tas de vieilles pierres croulantes que vous appelez Polzion. De toute façon, vous ne le garderiez pas longtemps, vous le savez. Vos créanciers ne tarderaient pas à venir frapper à la porte et vous seriez obligée de vendre le manoir. Vous le perdriez tout à fait. Est-ce là ce que vous désirez ?

— Je l'ai déjà perdu. J'ai tout perdu ! Vous avez tout pris ! Ah ! Je vous hais ! lança-t-elle d'une voix vibrante de passion douloureuse.

— Ce n'est un mystère pour personne ! Quoi qu'il en soit, il vous faudra bien me supporter, Morgana. Je suis ici, et je n'ai pas fini de tout prendre, loin de là !

Il fit un pas vers elle et elle leva les mains pour le repousser... Trop tard.

En un sens, son baiser était une punition plus impitoyable encore que la fessée qu'il lui avait infligée. Morgana gémit faiblement sous la pression insistante de ses lèvres. Son bras la retenait prisonnière.

Il glissa une main sous son pull, caressant sa peau nue. La jeune fille suffoquait. Elle ne pouvait plus respirer ; elle ne pouvait plus réfléchir. Et quelque part, tout au fond d'elle-même, une étincelle de désir s'alluma traîtreusement, menaçant de l'embraser tout entière.

La main de Laurent l'effleurait toujours, jusqu'à la faire défaillir. L'étau de son bras n'était plus une geôle mais un plaisir aigu. Elle avait envie d'être plus près encore, de se fondre en lui. Pour la première fois de sa vie, Morgana avait envie de s'offrir toute aux caresses d'un homme, de capituler entre ses bras. Elle voulait découvrir les secrets de son propre corps... Les baisers de Laurent lui ôtaient toute force, une langueur l'envahissait. Dans les boxes, les chevaux s'agitaient. Leurs sabots faisaient un bruit sourd sur le sol de terre battue. Au-dessus de leur tête, un oiseau voletait entre les poutres en pépiant. Au loin, des voix retentirent.

Laurent les entendit. Il se redressa en étouffant une exclamation et se passa la main dans les cheveux. Ses yeux brillaient étrangement.

— On vient, dit-il simplement. Vous feriez bien de vous rajuster.

Elle se sentit rougir. Elle ne voulait voir personne, elle imaginait trop bien l'état dans lequel elle était, les lèvres gonflées, les yeux voilés de désir... Mais elle ne pouvait faire un geste. Son corps était faible, comme si elle avait été roulée par des vagues trop fortes, comme si elle avait dû nager contre un courant violent. Les battements de son cœur lui paraissaient étrangers.

— Je... je dois rentrer, balbutia-t-elle.

— Je vous raccompagne.

— Non !...

Sa voix monta et se brisa.

— ... Non, je vais rentrer à pied.

Elle avait besoin de marcher, de sentir ses membres engourdis lui obéir, d'aspirer à pleins poumons l'air vivifiant de la lande. Et surtout, elle ne voulait pas être seule avec Laurent. Ses mains pouvaient la briser, ses baisers pouvaient transformer son sang en un flot de feu liquide.

Morgana fixa le sol, pleine de dégoût pour elle-même. Il avait dû le sentir, bien sûr ; il avait trop d'expérience pour ne pas s'en être aperçu. Et le fait qu'il ait témoigné d'une telle ardeur ne diminuait en rien son sentiment de honte. Après tout, *lui* n'avait jamais dissimulé son désir pour elle, c'était elle qui s'en était farouchement défendue, elle qui l'avait violemment repoussé. A présent, il l'avait percée à jour.

— Si vous ne voulez pas les voir, je vais les retenir, déclara-t-il abruptement. Tout ira bien ?

— A merveille ! lança-t-elle avec une ironie amère.

— Je n'avais pas prévu cela, dit-il.

— Quoi donc ? Votre agression ou cette interruption ?... A la réflexion, je préfère ne pas savoir. Puis-je m'en aller à présent ?

Elle gardait toujours les yeux rivés à terre. Elle l'entendit tourner les talons et sortir. Elle était seule.

Les jours suivants furent les plus douloureux de sa vie. Et elle ne pouvait confier sa détresse à personne. Elle devait jouer un rôle, prétendre avoir toujours la même antipathie et la même méfiance envers Laurent. D'ailleurs, en un sens, c'était vrai ; elle ne lui faisait pas confiance. Mais à présent, elle ne se faisait plus confiance à elle-même. C'était une découverte insupportable.

Comme il était difficile d'accomplir ses tâches routinières quand elle avait uniquement envie de se réfugier dans sa chambre et de ne plus voir personne !

Par chance, sa mère était trop occupée par les projets de transformation de la maison pour remarquer son état de profond abattement.

Mais elle ne pouvait duper Elsa, bien sûr. Un matin, comme elle lui répondait au hasard, sans l'écouter, tout entière à sa souffrance intérieure, la cuisinière la réprimanda sèchement. Morgana éclata en sanglots. Aussitôt, Elsa la prit dans ses bras et se mit à la consoler comme si elle était redevenue une toute petite fille.

— Là, ma jolie ! Là, ma belle ! Ne pleure plus ! L'heure des peines et des souffrances est venue, je t'avais prévenue. Mais cela ne durera pas toujours.

« Non, songea Morgana, rien n'est éternel, ni la souffrance ni la haine... ni l'amour. »

Elle évitait Laurent le plus possible. Mais le son de sa voix dans la pièce voisine suffisait à lui serrer le cœur.

Ce n'était pas de l'amour, se répétait-elle avec l'énergie du désespoir, c'était une attirance physique éphémère.

Il n'avait pas prévu cela, lui avait-il dit avant de la

quitter, et elle le croyait. Il devait amèrement le regretter, d'autant qu'ils auraient pu très facilement être découverts par Elaine...

Les jours passaient. Laurent ne disait jamais où il allait, mais Morgana le soupçonnait de passer beaucoup de temps à la ferme. Elle en eut la confirmation en prenant un verre avec Rob, un soir.

— C'est très amusant ! commença-t-il d'une voix dénuée de toute gaieté. Mon père et ma mère avaient envisagé d'acheter Polzion, mais apparemment, c'est votre cousin qui risque de prendre la ferme.

— Pourquoi pensez-vous cela ? s'enquit-elle en se forçant à l'indifférence.

— Eh bien, il ne quitte plus la maison, maugréa Rob. Elaine est ravie, bien sûr, mais je n'aime guère les façons d'agir de votre cousin. Il s'intéresse un peu trop à la gestion des écuries pour mon goût.

— Cessez donc de l'appeler mon cousin ! Nos liens de parenté sont pratiquement inexistants. Il ne se sert même plus de notre nom de famille, sauf lorsque ça l'arrange !

— A mon avis, il se sert de tout, et de tout le monde, lorsque ça l'arrange, persifla Rob.

Elle n'aurait jamais cru Rob si psychologue, pensa-t-elle méchamment. Il avait parfaitement raison en l'occurrence. Laurent avait d'abord voulu s'amuser avec elle, puis il avait rencontré Elaine et l'avait trouvée plus à son goût. Même s'il se servait d'elle et l'abandonnait ensuite, Elaine survivrait.

« Tandis que moi, je risque de garder cette souffrance jusqu'à la fin de mes jours ! » songea-t-elle avec un sursaut de douleur.

— Qu'avez-vous donc ? lança Rob, agacé. Vous semblez constamment ailleurs, depuis quelques jours ! Vous ne m'écoutez même pas !

— Je suis désolée, Rob. Que disiez-vous ?

Il se radoucit.

— Je vous demandais si vous viendriez à la soirée de Lucy Templeton. Elle organise un bal costumé pour la fête de Halloween, la veille de la Toussaint. Ce sera certainement très amusant.

— Oh ! Je n'y tiens pas, non, répondit-elle vivement. D'ailleurs, Elaine y sera, n'est-ce pas ? Elle n'aura sûrement pas envie de me voir après... ce qu'elle m'a dit l'autre jour.

— Allons, voyons ! protesta Rob, mal à l'aise. Ne faites donc pas tant attention aux colères de ma sœur ! Elle crie mais elle n'est pas méchante ! Je suis sûr qu'elle a déjà tout oublié !

— Croyez-vous vraiment ?

Morgana en doutait.

— Mais oui ! En fait, elle m'a demandé elle-même si je comptais vous amener à cette soirée. L'autre jour, dans l'enclos, elle était hors d'elle, ses paroles ont dépassé sa pensée... Vous auriez dû entendre ce qu'elle m'a dit après votre départ !

— Je suis navrée de vous avoir causé tant d'ennuis, s'excusa-t-elle. Je n'aurais jamais dû vous entraîner à commettre cette folie.

— Allons, tout s'est bien terminé. Laurent est vraiment un excellent cavalier, vous savez. Et il s'y connaît très bien en chevaux... Lorsqu'elle a un probème, ma sœur s'adresse directement à lui, à présent, ajouta-t-il en se rembrunissant.

— Elaine accorde certainement une grande importance à vos conseils, le consola Morgana. Laurent est simplement... comment dire ?... Une nouveauté, pour elle.

— Hum ! A mon avis, elle a bien l'intention de transformer leurs relations en un lien permanent ! L'idée de l'avoir pour beau-frère ne me séduit guère... Enfin, il a aussi son mot à dire !

— Oui, bien entendu, approuva-t-elle, la gorge soudain sèche. Je ne savais pas... C'est donc si sérieux ?

Rob haussa les épaules.
— C'est difficile à dire... Elaine est une fille très déterminée. Mais je me demande si elle ne s'attaque pas à plus fort qu'elle.
— Et vos parents ? Qu'en pensent-ils ?
— Ils sont repartis à Londres. En tout cas, ma mère traite Laurent comme s'il avait les mots « Parti avantageux » inscrits en toutes lettres sur le front !... Si seulement il pouvait s'en aller ! soupira le jeune homme. Ne redoute-t-il pas de voir la firme Van Guisen-Laurent s'effondrer en son absence ?
— Cela m'étonnerait, riposta Morgana avec un petit sourire tendu. Il passe plus d'une heure au téléphone chaque jour et il reçoit tous les matins une pile impressionnante de courrier. Néanmoins, j'aimerais bien qu'il s'en aille, moi aussi. En fait, j'aurais préféré qu'il ne soit jamais venu.
... Ce n'était pas vrai. Ce n'était plus vrai.
— De toute façon, il sera là pour la soirée. Il y accompagne Elaine. Etes-vous sûre de ne pas vouloir venir ?
— Après tout, pourquoi pas ? lança-t-elle hardiment. Cela pourrait m'amuser.
— Et vous en avez bien besoin ! Je vous trouve très nerveuse depuis quelque temps, ma chérie. C'est compréhensible, bien sûr, mais vous devriez vous ressaisir.
Il essayait d'être gentil. Aussi Morgana le laissa-t-elle lui prendre la main. Plus tard, il tenterait de l'embrasser, et elle le repousserait. Elle ne voulait pas lui faire de peine, mais elle avait si peu envie de ses baisers ! A chacune de leurs rencontres, il paraissait vouloir aller un peu plus loin, et Morgana ne savait que faire.
Elle agissait mal envers lui. Elle ferait mieux de refuser gentiment de le revoir, prétexter de son travail pour ne plus accepter ses rendez-vous. Avec le temps, il comprendrait.

Pourtant, elle ne se décidait pas à sauter le pas. Rob était son bouclier, sa défense contre Laurent. Leur amitié la protégeait. Si elle ne l'avait plus, elle serait totalement vulnérable. Il suffirait alors à Laurent de la regarder pour comprendre la vérité.

Cela l'amuserait sans doute ; après tout, il avait réussi au-delà de ses espérances ! Mais justement, il n'avait pas voulu pousser les choses si loin, elle en était convaincue. Si elle avait été différente, Morgana aurait pu répondre à ses avances et se satisfaire d'une liaison limitée. Mais elle voulait Laurent sans limites, elle le savait à présent. Et il n'était pas dans sa nature d'accepter une aventure de courte durée avec un homme. Avoir Laurent puis le perdre serait un véritable tourment ; tout comme l'imaginer en compagnie d'Elaine était un tourment.

Néanmoins, elle devait le cacher à tout prix. L'amusement de Laurent serait déjà douloureux, mais sa pitié serait encore bien pire.

Elle souffrirait de le voir à cette soirée, parlant avec Elaine, dansant avec Elaine. Mais tout vaudrait mieux plutôt que de rester chez elle, à laisser libre cours à son imagination.

Et l'admiration de Rob était un véritable baume sur ses plaies ouvertes. Elle irait à cette soirée, elle sourirait, et personne ne devinerait que son cœur se brisait...

L'architecte arriva le lendemain : un grand jeune homme sérieux, aux lunettes cerclées d'or et au sourire prompt et engageant. Paul Crosbie était un homme paisible, peu bavard, vraiment charmant. Bien qu'il fît son travail consciencieusement, examinant la maison dans ses moindres détails, il sut y mettre beaucoup de discrétion et ne pas se montrer importun.

Il ravit Mme Pentreath en admirant les moulures des plafonds et les cheminées anciennes. Manifestement, il était décidé à préserver le style du manoir. C'était un véritable soulagement : Laurent avait tenu parole, il ne chercherait pas à transformer la maison en un bâtiment de plastique et de chrome.

Lui-même n'était plus là. Il avait attendu l'arrivée de Paul Crosbie, avait eu un long entretien avec lui dans le bureau, puis était parti pour la Suède, sans fixer la date de son retour. Toutefois, il reviendrait sans doute à la fin de la semaine pour escorter Elaine à la soirée.

Morgana trouvait la compagnie de Paul agréable. Il s'était installé dans le petit bureau pour écrire son rapport, et les deux jeunes gens travaillaient côte à côte en s'interrompant de temps à autre pour bavarder. Ce jour-là, Paul avait descendu le portrait de Mark Pentreath pour le faire nettoyer.

— Les arbres généalogiques m'ont toujours fasciné, commença-t-il d'un ton enjoué. J'ai réussi à retrouver la trace de mes ancêtres jusqu'au début du siècle, mais c'est tout. Ce doit être agréable de pouvoir remonter plus loin ! Qui sait ? Je descends peut-être de Guillaume le Conquérant !

— On a parfois de mauvaises surprises ! répliqua Morgana avec une petite grimace. Si j'en juge par certains de mes ancêtres, nous descendons probablement d'Attila le Hun !

— Voilà une remarque bien catégorique ! rit-il. Je ferais mieux de ne pas m'aventurer à vous interroger plus avant !

— Craignez-vous donc d'apprendre des choses peu flatteuses sur votre employeur ?

— Sur Laurent ?...

Il parut sincèrement étonné.

— ... Au contraire ! C'est un homme extraordinaire et un excellent patron !

Le sourire de la jeune fille se crispa.

— Vous devriez vous charger de sa publicité !

— Il n'en a pas besoin... Une certaine tension entre

vous est sans doute naturelle, reprit-il après une brève hésitation. Mais vous auriez pu vous retrouver dans une situation plus pénible encore, vous savez ! Un autre aurait pu vendre le manoir ou le fermer et ne plus s'en occuper du tout.

— Oui, reconnut-elle à contrecœur. C'était une possibilité en effet.

— Eh bien, si cela peut vous consoler, je n'ai jamais vu Laurent s'intéresser personnellement à un tel projet auparavant. D'habitude, il envoie toujours des délégués. En fait, j'ai même été surpris de le trouver ici à mon arrivée. Il a dû annuler bon nombre de rendez-vous pour cela.

— Peut-être a-t-il trouvé ici de quoi retenir son attention !

Sa voix, malgré elle, était acerbe. Paul lui sourit.

— Peut-être... Mais ce doit être une jeune personne hors du commun si elle a réussi à le détourner de son travail !

— Beaucoup d'autres ont essayé ?

— Un certain nombre, oui... Ma foi, Laurent est séduisant et il aime à jouer de son charme. Après tout, pourquoi pas ? L'exemple de ses parents n'a pas dû l'aider à se faire une haute idée du mariage...

Il s'interrompit en rougissant légèrement.

— ... Mais vous savez déjà tout ceci, sans doute.

— En réalité, non. Il... il ne parle pas beaucoup de son passé. Il a simplement évoqué l'échec du mariage de ses parents, un jour.

— C'est hélas vrai ! Ils se sont séparés avant la mort de son père. Laurent et moi étions pensionnaires ensemble au lycée. Les jours où il recevait des lettres de chez lui, je m'en souviens, il devenait très silencieux...

Il se tut à nouveau et se replongea dans ses notes. Au bout d'un moment, il leva les yeux.

— ... Laurent m'a demandé de vous laisser faire le tri des affaires de votre grand-mère, au cas où vous voudriez garder quelque chose. Pourriez-vous vous en occuper assez rapidement ? J'aimerais vider les greniers pour commencer les travaux.

Morgana hésita.

— Il y a quelques très jolis vêtements, mais ils sont tous démodés, bien entendu. Laurent avait suggéré de les proposer à un costumier de théâtre.

— Faites votre choix, je m'occuperai du reste.

Les malles furent descendues le jour même. La jeune fille les ouvrit avec un sentiment de curiosité mêlé de crainte. Elle avait beau être une adulte, la terrible interdiction de son grand-père pesait encore sur elle...

Les vêtements étaient tous en excellent état, impeccables et parfaitement repassés. Avec une émotion croissante, Morgana découvrait des robes brodées de perles, des chemisettes de soie ou de coton garnies de dentelles, tout le trousseau d'une élégante du début du siècle. Au fond de la seconde malle, elle trouva divers objets ; un vieil album de photos jaunies, qu'elle se promit de regarder plus tard en compagnie de sa mère, des carnets de bal, une mallette de cuir...

Elle fronça les sourcils, intriguée. La mallette était fermée, et il n'y avait pas trace de la clef. La jeune fille la mit de côté. Elle essaierait de l'ouvrir après avoir regardé tout le reste.

La troisième malle lui réservait une surprise plus grande encore : un paquet enveloppé de papier de soie était rangé avec un soin particulier. Elle l'ouvrit et poussa une exclamation stupéfaite : c'était le costume dans lequel sa grand-mère avait été peinte, le costume de la fée Morgane... Emerveillée, Morgana déplia la robe de soie et de dentelle vert sombre, rebrodée de fils d'or. Un corselet d'or à franges et un voile complétaient le somptueux costume.

Ceci n'ira pas dans un théâtre ! décida-t-elle aussitôt. Impulsivement, elle courut à sa chambre et se tint devant le miroir en posant la robe sur elle.

Rob lui avait demandé à maintes reprises si elle avait songé à son déguisement pour le bal costumé, mais jusque-là, elle n'y avait pas vraiment réfléchi...

Le vert de la robe donnait à ses yeux des reflets d'émeraude. Une vive excitation s'empara d'elle. Hâtivement, elle se déshabilla et enfila le costume de soie fragile. Il était très ajusté : elle était mince, mais sa grand-mère avait dû l'être plus encore. Elle pourrait toujours déplacer ces agrafes, songea-t-elle en observant le renflement de ses seins au-dessus de la profonde encolure. Elle dénoua ses cheveux et secoua doucement la tête pour les laisser retomber, vaporeux, sur ses épaules. Le miroir lui renvoya l'image d'une inconnue, sûre d'elle et de son pouvoir, éclatante de féminité.

— Grand-mère... Fée Morgane, articula-t-elle à voix haute, comme hypnotisée, apprends-moi tes sortilèges. Apprends-moi à ensorceler l'homme que j'aime et à me l'attacher à jamais !

8

Le reste de la semaine fut un véritable tourbillon. Paul Crosbie était parti, Steve Chisholm l'avait remplacé. Morgana et sa mère se virent soumettre un nombre interminable de croquis représentant les plans du futur appartement, durent répondre à des questions sur leurs préférences en matière de cuisine et de salle de bains.

Morgana ne parvenait pas à s'y intéresser réellement.

— Prends les décisions, demanda-t-elle à sa mère. Après tout, il s'agit de ta maison.

— La tienne aussi, ma chérie, protesta Mme Pentreath.

— Pas pour longtemps ! J'ai accepté de rester un an, pas davantage, s'entêta la jeune fille.

Leurs contrats de travail avaient été rédigés, vérifiés par M. Trevick, et signés. Morgana avait eu l'impression de laisser un piège se refermer sur elle en apposant son nom au bas des papiers, mais elle devait penser avant tout à la sécurité de sa mère.

— Peut-être n'auras-tu plus envie de partir, suggéra sereinement Elizabeth.

— Oh si ! Je voudrais même partir tout de suite, si c'était possible !

Mais était-ce bien vrai ? se demanda-t-elle ce soir-là en se tournant et se retournant dans son lit sans trouver le sommeil. Si Laurent la délivrait de son engagement dès demain, accepterait-elle de s'en aller ? De perdre tout espoir de le revoir ?

Espoir n'était sans doute pas le mot juste. Elle n'avait rien à attendre du jeune homme. Leurs relations avaient été orageuses dès la première minute, et rien n'y changerait, même si elle décidait de sacrifier son amour-propre en échange de quelques heures de plaisir.

Son désir pour lui la consumait comme une fièvre. Elle était terrifiée par la passion ardente qui coulait dans ses veines avec la violence d'un torrent de montagne. Le vent semblait ne faire qu'un avec elle lorsqu'il gémissait dans la lande et fracassait les vagues au pied des falaises de Polzion...

Morgana avait accroché le costume de sa grand-mère dans sa penderie et avait décidé de l'oublier. Il serait plus sage de se déguiser en sorcière avec une grande cape et un chapeau pointu. Ce costume de fée était dangereux, il la poussait à désirer l'impossible, il lui donnait l'illusion de posséder un pouvoir magique.

Un soir, sa mère et elle avaient regardé ensemble l'album de photos.

— Certaines d'entre elles sont très intéressantes ! s'était exclamée sa mère en tournant la dernière page. Il en manque beaucoup, hélas ! C'est bien dommage !

L'album était très soigneusement tenu, chaque image était sous-titrée d'une légende calligraphiée d'une petite écriture régulière. Mais plusieurs photos avaient disparu.

— As-tu remarqué ? La plupart des photos manquantes sont celles où figuraient Mark, observa Morgana.

— Vraiment ? Non, je ne l'avais pas vu. Ce n'est guère surprenant, en fait. Ton grand-père a dû les retirer après la querelle.

— Il devait être bien rancunier !... A propos, j'ai

également retrouvé une mallette de cuir dans les affaires de grand-mère. Malheureusement, il manque la clef. Tu ne l'aurais pas aperçue le jour où tu as rassemblé tous les trousseaux par hasard ?

— Non... Il y en avait bien une qui ne correspondait à rien, mais elle était énorme ; elle n'entrerait certainement pas dans une serrure de mallette. Que peut-elle bien contenir, à ton avis ?

— Peut-être des diamants ? suggéra la jeune fille en souriant. Dans ce cas, nous serions riches et nous pourrions racheter le manoir !

— Pourquoi Laurent accepterait-il de nous le vendre ? C'est un Pentreath, après tout ; la maison lui appartient !

— Son attachement pour la famille est si profond qu'il n'a même pas pris la peine d'en garder le nom !

— C'est compréhensible, objecta pensivement sa mère. Son enfance a été nourrie des histoires de la querelle familiale et de l'injustice subie par Mark et Giles. Giles était obsédé par la pensée qu'ils avaient été chassés de chez eux et obligés de recommencer leur vie ailleurs. Il n'a pas trop mal réussi, d'ailleurs ! La mère de Laurent était une riche héritière. Mais cela n'a pas suffi à l'apaiser, et finalement, Giles et sa femme se sont séparés. Laurent préfère certainement le nom de son beau-père à celui des Pentreath, associé à des disputes et à de l'amertume.

— Oui, sans doute.

Elle-même avait eu une enfance heureuse. Elle n'aimait pas imaginer Laurent dans un foyer désuni.

En montant se coucher, ce soir-là, elle examina longuement la mallette de cuir. Elle était trop lourde pour être vide. Si elle voulait en découvrir le contenu, il lui faudrait sans doute forcer la serrure... Morgana remit la mallette dans le tiroir de sa coiffeuse et le ferma d'un geste décidé. Elle avait bien trop à faire pour se soucier des mystères du passé !

Et elle ferait bien de se débarrasser de cette robe, ajouta-t-elle en son for intérieur. Elle n'aimait pas la voir là, chaque fois qu'elle ouvrait son placard. Résolument, Morgana ouvrit la penderie et jeta la robe sur un dossier de chaise. Elle aurait dû la laisser dans la malle...

La veille de la Toussaint arriva. Le ciel était clair, et une légère couche de givre recouvrait le paysage. Morgana venait de servir leur déjeuner aux clients et retournait à la cuisine, lorsque le téléphone sonna. C'était Elaine. Celle-ci demanda sèchement à parler à Laurent.

— Il n'est pas là, répondit la jeune fille, surprise.

Ainsi, il n'était pas resté en contact avec Elaine pendant son absence ?

— Alors où est-il ? s'exclama Elaine. Il ne peut pas être encore en Suède, il devait rentrer depuis deux jours !

— J'ignore tout de ses projets.

— Est-ce bien vrai ? Vous vous montrez peu coopérative pour une employée des Van Guisen ! Vous ne nourrissez pas quelque secret espoir à propos de Laurent, j'espère ? Parce que, dans ce cas, vous courez à la déception, ma chère, je puis vous l'assurer !

Morgana fut stupéfaite, par la vulgarité d'Elaine mais aussi par son intuition.

— A cause de vos propres espoirs, j'imagine ? ne put-elle s'empêcher de riposter.

— Si vous voulez, oui. Restez à votre place, ma petite. Rob semble s'être amouraché de vous, contentez-vous de lui, ce sera plus prudent !

— Merci pour vos aimables conseils !

Les doigts de la jeune fille pâlissaient aux articulations tant elle serrait le combiné. Elle se retint à grand-peine de raccrocher brutalement.

— Il n'y a pas de quoi, répondit négligemment

Elaine. Dites à Laurent de m'appeler quand il arrivera, voulez-vous ?

— Je n'y manquerai pas. Avez-vous un autre message pour lui ?

— Pas pour l'instant. Mais si je pense à quoique ce soit, je vous le communiquerai !

Morgana reposa l'appareil avec une infinie douceur et le contempla longuement, luttant contre la rage. Elaine semblait bien sûre d'elle-même et de Laurent. Etait-ce justifié ? Le temps seul le lui apprendrait, et elle devrait faire attention à ne pas trahir ses sentiments, en attendant.

A pas lents, elle alla à la cuisine où Elsa l'attendait impatiemment pour lui servir son déjeuner. La cuisinière posa une assiette bien pleine devant elle.

— Tu vas tout manger jusqu'à la dernière bouchée ! exigea-t-elle sévèrement. Tu as un appétit d'oiseau, ces temps-ci ! Tu t'imagines peut-être que je ne l'ai pas remarqué ?

Morgana prit sa fourchette sans enthousiasme.

— Je n'ai pas très faim.

— Et tu n'es pas très heureuse non plus !... mais de meilleurs jours approchent, ma fille, affirma Elsa en hochant vigoureusement la tête. J'ai regardé tes feuilles de thé, ce matin, et j'y ai vu un anneau de mariage, aussi clair que je te vois !

La jeune fille sourit faiblement.

— Je suis navrée de te décevoir, Elsa ; je ne songe pas au mariage.

— Et tu n'y songeras pas si on ne te le propose pas, rétorqua la cuisinière. Mais un jeune homme pense à toi, et il te fera sa demande avant longtemps, crois-moi ! Les feuilles de thé ne mentent pas, ma fille !

— Parfois, je le regrette !

A contrecœur, elle prit une nouvelle bouchée de viande et faillit s'étrangler en remarquant le vêtement posé sur la planche à repasser.

— Cette robe ! s'écria-t-elle. Que fait-elle ici ?

Elsa haussa les épaules.

— Je lui donne juste un petit coup de fer. Tu ne peux pas aller à cette soirée dans une toilette froissée, tout de même !

— Mais je ne vais pas la porter ! protesta Morgana.

— Pourquoi pas, je te le demande ? Elle est très belle. Tu seras la mieux habillée de la fête !

— Justement ! rétorqua-t-elle d'un air sombre. Je préférerais me fondre dans la foule.

— Ça n'a pas de sens, ma fille ! Tu vas la mettre et éblouir ton jeune homme, tout comme ta grand-maman avant toi !... C'est juste ta couleur... Et j'aurais fait tout ce travail pour rien ? acheva-t-elle d'un ton enjôleur.

— C'est bon, Elsa, tu as gagné ! soupira la jeune fille. Je la mettrai ! Mais n'y attache pas trop d'espoir, les hommes étaient peut-être plus faciles à séduire à l'époque de grand-mère !

— Et peut-être pas ! L'amour ne change pas.

Mais les circonstances, si ! songea Morgana. Et la belle histoire d'amour si simple de sa grand-mère ressemblait bien peu à la sienne...

Elle se fit la même réflexion le soir, lorsqu'elle se contempla dans le miroir, tout habillée. Enfin !... En tout cas, elle était splendide... A regret, elle drapa sa vieille cape grise sur sa toilette.

Rob l'attendait dans le hall. Il sourit en la voyant arriver et haussa un sourcil interrogateur. Un pli de soie dépassait par l'ouverture de la cape. Le jeune homme voulut écarter les pans.

— Puis-je admirer ?

— Non, l'en empêcha-t-elle. Je veux vous faire la surprise !

— Vous me surprenez toujours, murmura-t-il tendrement.

Morgana se força à sourire.

— Partons-nous ?

— Tout de suite. Elaine nous attend dans la voiture.

La jeune fille se mordit la lèvre. La sœur de Rob avait téléphoné deux fois dans l'après-midi.

— Elle... Elle n'a pas eu de nouvelles de Laurent ?

— Son secrétaire a appelé pour l'excuser, il n'a pas pu rentrer à temps. C'est assez cavalier, à mon sens. Heureusement, Jimmy Templeton est en permission. C'est un des anciens soupirants d'Elaine, il saura la consoler !

Mais la jeune fille ne semblait pas prête à se laisser consoler. Elle salua Morgana du bout des lèvres et resta muette pendant tout le trajet.

Les Templeton demeuraient dans une grande maison en retrait de la route. On avait accroché des guirlandes de lampions aux arbres de l'allée et les traditionnelles citrouilles creusées en forme de masques ornaient le perron.

Lucy Templeton, une grande jeune fille un peu forte accueillit Rob et Elaine avec chaleur. Morgana dut se contenter d'un petit sourire crispé.

— Ma chérie ! Vous n'avez vraiment pas de chance ! s'écria Lucy en se tournant vers Elaine. Enfin ! Votre malheur fait le bonheur de Jimmy ! Rob ! Comme je suis contente de vous voir !...

Elle se jeta à son cou et l'embrassa d'un air extasié.

— ... Cela faisait si longtemps !

Avant de faire sa connaissance, Rob rendait fréquemment visite à Lucy, se souvint Morgana avec un sentiment de gêne.

Déjà, Elaine s'éloignait pour aller poser son manteau dans la pièce transformée en vestiaire pour l'occasion. Lorsque Morgana l'y rejoignit, elle était assise devant le miroir et lui décocha un regard furibond.

— Vous devez être ravie, n'est-ce pas ?

— Pas particulièrement, répondit Morgana d'un ton las. Vous ne me croirez sans doute pas, mais je suis désolée que Laurent ne soit pas venu vous chercher.

Elaine partit d'un rire dur.

— Je n'ai que faire de votre compassion ! Elle est inutile. Si Laurent arrive, il saura que je n'ai aucunement l'intention de perdre mon temps à l'attendre !

La jeune fille sortit en claquant la porte. Morgana poussa un long soupir.

Elaine ne s'était pas déguisée. Elle portait une robe du soir de soie grège parfaitement coupée. Tout en épinglant son voile, Morgana se prit à regretter une fois de plus d'avoir mis ce costume. Il appartenait vraiment à une époque révolue, songeait-elle douloureusement.

Pourtant, le regard de Rob lui ôta ses craintes.

— Vous êtes extraordinaire ! s'exclama-t-il d'une voix altérée.

— N'ayez pas l'air si surpris ! le taquina-t-elle. D'ailleurs, à minuit, le charme cessera d'agir et je retrouverai mes haillons habituels ! Nous ferions bien de nous dépêcher de profiter de cette fête !

Rien n'avait été épargné pour le plaisir des invités. Une grande pièce avait été vidée de tous ses meubles pour que l'on pût y danser, un buffet somptueux avait été préparé dans une autre. M. Templeton servait à boire d'une main généreuse. On avait même prévu des attractions pour les enfants.

Bien entendu, la plupart des jeunes filles s'étaient costumées en sorcières, et Rob, avec ses fausses canines et ses taches de sauce tomate était l'un des innombrables Dracula. Un murmure parcourut la foule des invités lorsque Morgana entra.

— Vous êtes la plus ravissante de toutes, ce soir, lui chuchota Rob à l'oreille...

Il lui enlaça la taille et la serra.

— ... Morgana, vous connaissez mes sentiments pour vous, n'est-ce pas ?

— Oh Rob ! s'écria-t-elle, affolée. Ce n'est ni le moment, ni le lieu pour...

— Je ne vous demande pas une réponse tout de

suite, ma chérie ; je saurai attendre. Je ne veux pas vous brusquer, mais pensez-y. Après tout, vous ne voulez pas travailler pour Van Guisen, je le sais...

— En quelque sorte, vous m'offrez une alternative ? lança Morgana en se raidissant.

— Non, je vous offre bien plus. Je veux vous épouser, Morgana... Pour l'amour du ciel, ne pourrions-nous pas trouver un coin retiré pour y discuter ?

— Voyons, Rob ! Ne soyez pas absurde ! Je ne vous reconnais plus !

— Et moi non plus, Morgana. Je vous ai toujours aimée, mais ce soir, vous êtes si belle !

La jeune fille était au comble de l'embarras. Par chance, Jimmy et Elaine s'avancèrent vers eux, suivis de Lucy et d'un jeune homme à l'air gai.

— Eh bien, vous deux ! lança Jimmy en riant. Vous avez des mines bien solennelles ! Je dois l'avouer, vous êtes particulièrement splendide, ce soir, Morgana ! Rob doit trouver très difficile d'écarter tous vos admirateurs !

Elaine, remarqua Morgana, ne s'amusait pas du tout. Elle examinait la jeune fille avec une surprise mêlée de jalousie, comme un cygne voyant un vilain petit canard se transformer sous ses yeux.

— Où avez-vous trouvé cette robe ? Pas à Polzion, j'imagine, intervint Lucy.

A regret, Morgana raconta l'histoire de la robe et son rôle dans la vie de sa grand-mère.

— Quelle histoire romanesque ! commenta Lucy d'un air condescendant.

— Je ne vois rien de romanesque dans le fait d'être si pauvre qu'on ne peut même pas s'offrir une robe neuve pour une soirée ! coupa Elaine d'une voix cinglante.

Un silence stupéfait s'abattit sur le petit groupe. Rob, les mâchoires crispées de rage, fit un pas vers sa sœur. Morgana l'arrêta d'un geste.

— Laissez, Rob, c'est inutile. Je... je voudrais rentrer chez moi à présent.

En dépit des protestations embarrassées de Jimmy, elle insista pour partir immédiatement. Dans la voiture, elle resta silencieuse.

— Je ne comprends pas du tout l'attitude de ma sœur ! fulmina Rob. Demain, j'exigerai des explications !

— N'en faites rien ! Elaine éprouve déjà suffisamment d'antipathie pour moi. N'envenimez pas la situation, je vous en prie.

Il se tut un instant, sourcils froncés.

— Vous ne vous connaissez pas très bien, toutes les deux, plaida-t-il. Sinon...

— Ne vous faites pas d'illusions, dit-elle gentiment.

— Je n'aime pas savoir ma sœur et la femme que j'aime en si mauvais termes ! Lorsque vous serez belle-sœur, Elaine changera du tout au tout, j'en suis sûr.

— Rob, je n'ai pas encore accepté de vous épouser !

— Vous avez tout votre temps, assura-t-il avec confiance.

Morgana se tassa sur son siège, atterrée. Lorsqu'ils arrivèrent à Polzion, elle s'excusa de ne pas le faire entrer, prétextant la fatigue.

— C'est toujours la même chose ! protesta-t-il.

Elle se laissa embrasser passivement et attendit de voir la voiture disparaître pour rentrer. Contre tout espoir, elle jeta un coup d'œil au salon en passant pour voir si sa mère y était encore. Mais la pièce était plongée dans le noir. Les dernières braises rougeoyaient dans l'âtre.

La jeune fille monta dans sa chambre, le cœur lourd. Elle ferma la porte derrière elle, s'y adossa, puis sursauta légèrement en levant les yeux : deux bougies éteintes et une pomme étaient posées sur sa coiffeuse.

— Elsa ! murmura-t-elle, partagée entre le rire et les larmes.

Elle était encore une enfant lorsque la cuisinière lui avait raconté pour la première fois la vieille superstition de cette date de l'année. Si une jeune fille se regardait dans son miroir à la lueur de deux bougies, en se brossant les cheveux et en mangeant une pomme, elle verrait apparaître dans la glace le reflet de son futur époux. On n'était pas obligé de manger la pomme, avait-elle ajouté. On pouvait la mettre sous son oreiller.

Pendant des années, l'adolescente avait exécuté le rite avec une conviction naïve. Mais son visage seul lui apparaissait, et la pomme, sous son oreiller, l'empêchait de bien dormir. Elle avait fini par abandonner la coutume.

Pourquoi alors Elsa renouait-elle avec la tradition cette année ? Elle avait dû lire la proposition de mariage de Rob dans les cartes et pousser Morgana à accepter. Mais je ne suis plus une enfant ! protesta-t-elle intérieurement. Je ne crois plus à ces sornettes !

Cette pomme était bien appétissante, a vrai dire... Et elle n'avait rien mangé, chez les Templeton. Allons ! Elle ferait mieux de descendre à la cuisine se préparer un sandwich !

Pourtant, la jeune fille prit la boîte d'allumettes laissée par la prévoyante Elsa, et alluma les bougies. C'était vraiment une lumière particulière, songea-t-elle. Des ombres dansaient sur les murs de sa chambre et métamorphosaient les objets familiers.

Morgana prit sa brosse et la passa dans sa chevelure mousseuse. De l'autre main, elle approcha la pomme de ses lèvres et croqua. Le fruit était juteux, acidulé... Morgana eut soudain l'impression de remonter le temps. Elle était redevenue l'enfant pleine d'espoir, surexcitée et légèrement anxieuse, scrutant le miroir sombre, attendant de voir son avenir se dévoiler l'espace d'une fraction de seconde.

Elle mordit encore dans la pomme. Elle était Eve,

symbole de la féminité éclatante, tout à son désir et à son attente. Sa main se fit plus langoureuse dans sa chevelure, une vague de plaisir lui parcourut le dos.

Les deux flammes s'allongèrent subitement, comme sous l'effet d'un courant d'air. Morgana se figea sur place. La pomme tomba de ses doigts sans force tout à coup, et roula sur le tapis. Dans le miroir, le visage de Laurent venait d'apparaître...

9

Morgana voulut hurler. Le son s'étrangla dans sa gorge et mourut en un faible gémissement. Au même instant, deux mains chaudes, bien vivantes, se posèrent sur ses épaules et lui firent faire demi-tour.

— N'ayez crainte, dit Laurent, je ne suis pas un fantôme invoqué par vos sortilèges.

— Que faites-vous ici ?

Sa voix tremblait malgré elle.

— Au risque de me répéter, je suis ici chez moi !

— Mais personne ne savait où vous étiez ; nous ne vous attendions pas !

Un sourire moqueur se dessina sur les lèvres du jeune homme.

— Etes-vous en train de me dire que je vous ai manqué ?

— Absolument pas ! Je ne me soucie pas le moins du monde de vos allées et venues. Mais d'autres y sont moins indifférents. Elaine Donleven, par exemple !

— Que vient-elle faire dans cette conversation ?

— C'est la fête de Halloween, ce soir, lui rappela-t-elle. Vous étiez censé l'accompagner chez les Templeton !

— Je ne me rappelle pas lui avoir promis quoi que ce soit ; mes projets n'étaient pas assez établis pour me permettre de le faire. La ravissante Elaine a tendance à confondre ses désirs avec la réalité... Sans doute parce qu'elle est si ravissante !

— En tout cas, elle était fort irritée !

Mais pourquoi défendait-elle donc les intérêts d'Elaine ? se demanda-t-elle avec dépit.

— Ah vraiment ? s'étonna cyniquement Laurent. Comme cela lui ressemble peu ! J'aurais juré qu'elle se serait immédiatement trouvé un autre cavalier... Eh bien ? Ai-je tort ?

— Non, avoua-t-elle à contrecœur.

Il la tenait toujours par les épaules. Morgana s'agita nerveusement et il la lâcha aussitôt.

— Je suis désolé de vous avoir causé une telle frayeur, déclara-t-il sur le ton de la conversation. Vous auriez dû entendre la porte s'ouvrir, mais vous étiez si absorbée ! Quel sort jetiez-vous, ce soir ?

La jeune fille rougit de honte.

— Aucun, affirma-t-elle.

— Ah non ?...

Il se pencha et ramassa la pomme.

— ... Finissez donc votre souper, suggéra-t-il gentiment.

— Je n'ai pas faim ! riposta Morgana, au bord des larmes à présent. Et de toute façon, ce sont simplement les sottises d'Elsa !

— Ce n'est certainement pas une simple sottise si cela vous pousse à rester dans le noir et à vous terroriser vous-même !... Si cela peut vous consoler, vous m'avez également effrayé.

— Je ne vois pas comment, maugréa-t-elle.

— J'étais au salon, il y a cinq minutes. J'ai levé les yeux, Fée Morgane, et je vous ai vue là, sur le seuil de la porte. J'ai cru un instant que votre grand-mère était descendue de son cadre ! Où avez-vous trouvé cette robe ?

— Elle était au fond d'une des malles. J'ai décidé de la porter pour le bal costumé. Au départ, cela m'avait paru être une bonne idée, acheva-t-elle d'un air sombre.

— Et c'en est toujours une !...

Morgana sentit son corps se réchauffer sous son regard appuyé.

— ... Vous rendez-vous compte de votre allure ?

Elle essaya de prendre une expression détachée, vaguement amusée.

— Oh oui ! J'ai l'air d'une somptueuse princesse du Moyen Age ! Bien, vous voilà rassuré à présent, je ne suis pas un fantôme ! Auriez-vous l'obligeance de vous retirer ? Je voudrais me mettre au lit.

— Moi aussi, répliqua-t-il d'une voix très douce.

Et il la prit dans ses bras...

Morgana fut trop stupéfaite pour se débattre ou même pour protester. Les mains de Laurent la brûlaient à travers la soie de sa robe, elle avait tout à coup la sensation d'être nue. Il l'embrassa longuement, ardemment, la ployant en arrière. Elle voulut dire : « Non ! » mais les lèvres de Laurent la bâillonnaient sans pitié.

Lorsqu'il s'écarta enfin, ce fut pire encore. Sa bouche avait pris possession de sa gorge, à présent ; elle y traçait des chemins de feu, y allumait des palpitations incontrôlables, y dérobait les dernières forces de la jeune fille. Sans même s'en rendre compte, Morgana lui noua les bras autour du cou, enfonça ses doigts dans la chevelure épaisse de Laurent et crut se noyer en l'entendant gémir de plaisir.

Enfin, elle s'arracha à lui, haletante.

— Seigneur ! chuchota-t-il d'une voix étouffée. Ces derniers jours m'ont paru interminables ! Je ne pouvais vous chasser de mon esprit ! Vous me teniez même éveillé la nuit !

— Laurent... Laissez-moi, je vous en supplie !

— Ne soyez pas absurde, ce n'est pas là votre désir, vous le savez bien...

Il l'embrassa encore, la laissant tout engourdie de chaleur, le souffle court.

— ... Et je ne le veux pas non plus, murmura-t-il tout contre ses lèvres.

— Il ne suffit pas de vouloir ! plaida-t-elle, essayant de raisonner en dépit de l'ivresse qui la gagnait toute.

— Ce sera suffisant ! promit-il.

Du bout du doigt, il lui caressa la joue, le cou, la naissance des seins le long de l'encolure de sa robe. Le corps de Morgana s'arqua instinctivement sous la caresse.

— Vous n'avez pas besoin de cette robe, votre peau a la douceur de la soie la plus fine, ma belle, ma douce sorcière !

Déjà, sa main essayait de dégrafer le vêtement. Morgana voulut se défendre, l'en empêcher.

— Ne résistez pas ! Il est trop tard, Morgana et nous le savons tous les deux. Vous m'avez envoûté, nous sommes pris au piège de vos sortilèges.

Oui, songea-t-elle, sans forces. Il ne la tenait pas ; il ne la touchait même pas, mais son regard suffisait à la faire frissonner et brûler tout à la fois. La pièce se mit à tourner autour d'elle. Elle oscilla et tomba dans les bras de Laurent.

Aussitôt, il la serra contre lui, s'empara de ses lèvres à nouveau. Cette fois, Morgana lui rendit son baiser sans réserve. Lentement, inexorablement, elle sentait le désir monter en elle comme une spirale se déroulant au plus profond d'elle-même. Les lèvres de Laurent lui procuraient un plaisir aigu et insatiable... Elle ne le retiendrait plus, elle ne le pouvait plus.

Il la prit dans ses bras et l'emporta jusqu'au lit. Doucement, il la posa sur le matelas, et vint s'allonger près d'elle.

— Les chandelles, balbutia-t-elle.

— Laissez-moi vous regarder, murmura-t-il en prenant son visage dans ses mains. Chaque nuit, en Suède, je vous imaginais ainsi, vos cheveux déployés sur l'oreiller...

Tendrement, il lui embrassait les paupières, le front, les oreilles. Il lui effleurait le corps de ses mains, sans presque la toucher, comme en une promesse de caresses plus ardentes...

Avec timidité d'abord, puis en s'enhardissant, Morgana posa ses mains sur son dos, le cœur battant.

— Dieu ! gémit-il. Je vous désire tant ! Ne me repoussez plus, Morgana, dites oui !

Oui, elle aussi le désirait de tout son corps, de toute son âme. La réalité ne comptait plus, seul existait ce moment de douceur et de passion, de tendresse et de folie. Elle ferma les yeux.

— Oui ! chuchota-t-elle dans un souffle.

Laurent, étouffant une exclamation, la serra contre lui de toutes ses forces, achevant de l'embraser, l'emportant dans un tourbillon de sensations inouïes, déchaînant sa fougue...

Avec le sentiment d'une chute brutale, Morgana ouvrit soudain les yeux. Il s'était écarté... il ne la touchait plus... Glacée, effarée, elle le contempla. Alors, elle l'entendit à son tour, ce bruit qui lui avait dérobé Laurent... Le carillon de la porte d'entrée.

Incrédule, elle écouta la sonnette retentir encore et encore, accompagnée de coups redoublés.

— Au nom du ciel ! s'exclama-t-il en sautant à bas du lit... Rajustez-vous, toute la maisonnée va bientôt être debout si ce vacarme continue !

Dans un état de choc, Morgana enfila ses mules et sortit en courant de sa chambre, échevelée, le visage en feu. Elle s'arrêta en haut de l'escalier pour essayer de retrouver son calme. En bas, Elsa se dirigeait déjà vers la porte, massive dans sa robe de chambre à fleurs, maugréant entre ses dents. Elle déverrouilla le loquet.

— Qui est là ? lança-t-elle d'un ton rogue.

La porte s'ouvrit violemment, manquant la renverser, et Elaine Donleven fit irruption dans le hall.

— Le téléphone ! Je dois téléphoner ! Jimmy est blessé ! haleta-t-elle.

Morgana descendit précipitamment.

— Que s'est-il passé ? Où est-il ?

— Là-bas... près du portail. La voiture a versé dans le fossé, il a pris le virage trop vite...

Elle poussa un long soupir tremblant.

— ... Il est blessé à la tête. Je dois appeler le médecin.

— Je m'en occupe, déclara Morgana. Elsa, emmène Miss Donleven au salon et prépare-lui du thé.

Mais Elaine ne les regardait plus. Elle avait les yeux rivés sur Laurent qui descendait lentement les marches.

— Oh Laurent ! Mon cher Laurent !

Elle courut se jeter dans ses bras et éclata en sanglots convulsifs.

— Tout va bien, Elaine, nous allons nous occuper de tout, dit-il gentiment. Allez au salon avec Elsa et essayez de vous calmer. Je vais rester auprès de Jimmy pendant que Morgana appelle une ambulance et prévient ses parents.

Il se dégagea avec douceur et sortit de la maison. Une fois ses coups de téléphone passés, Morgana alla voir à la cuisine si le thé était prêt. Elsa grommelait encore d'un air sombre.

— Quel affreux accident ! s'écria la jeune fille. Ce virage est vraiment dangereux, c'était à craindre depuis longtemps. Mais je ne comprends pas pourquoi ils étaient sur cette route... L'embranchement pour la ferme est bien avant !

— Ils allaient sur la falaise pour se faire des câlins, probablement ! renifla Elsa avec mépris.

La situation n'avait rien de comique, mais Morgana faillit éclater de rire. Cette expression convenait vraiment trop mal à l'élégante et raffinée Elaine Donleven !

Celle-ci était allongée sur le divan du salon, le visage maussade.

— Où est Laurent? demanda-t-elle sèchement en voyant Morgana entrer. N'est-il pas encore revenu?

— Il va sans doute rester avec Jimmy jusqu'à l'arrivée de l'ambulance.

— Mais j'ai besoin de lui! geignit Elaine. J'ai subi un choc très grave!...

Elle but une gorgée de thé et grimaça.

— ... Il est sucré!

— C'est pour vous aider à surmonter votre terrible choc, rétorqua froidement Morgana.

— Jimmy n'aurait pas dû conduire, reprit Elaine au bout d'un moment. Il avait trop bu... Tout ceci ne serait pas arrivé si Rob avait été là, acheva-t-elle avec un regard venimeux.

— Insinuez-vous que cet accident est arrivé par ma faute?

— En tout cas, vous n'aviez aucune raison de prendre la fuite comme vous l'avez fait! Vous êtes vraiment trop susceptible, ma chère!

Morgana n'eut pas le temps de lui répondre : Laurent venait d'arriver.

— M. Templeton est auprès de son fils, annonça-t-il. Jimmy n'a rien de grave. Il s'en sortira avec quelques contusions... Vous feriez mieux de passer la nuit ici, ajouta-t-il en se tournant vers Elaine. Morgana va vous préparer une chambre.

— Tout de suite, approuva la jeune fille.

Elle se leva en essayant de rajuster sa robe froissée. Elaine l'observait d'un air inquisiteur.

Arrivée à l'étage, elle commença par troquer son costume pour un jean et un pull. Elle se sentait mieux, plus sûre d'elle-même ainsi. Intérieurement, elle était torturée, écorchée vive. Mais c'était déjà moins grave si elle parvenait à donner d'elle-même une image sereine.

Aucune des pièces, à Polzion, ne pouvait rivaliser

avec la chambre luxueuse d'Elaine, mais Morgana fit de son mieux. Elle prépara le lit avec des draps fraîchement lavés et repassés, alluma la petite lampe de chevet et, la rage au cœur, elle disposa même sa chemise de nuit favorite sur le lit à côté d'une brosse à dents neuve.

Comme elle se tournait pour sortir, elle découvrit Laurent, debout sur le seuil de la chambre.

— Etes-vous venu vérifier si tout était prêt ? s'enquit-elle.

— Pas exactement... Vous et moi avons encore des affaires à régler.

La jeune fille secoua la tête.

— Non. Mon affaire, c'est de m'occuper de l'hôtel. Je suis payée pour ce travail. Mon contrat ne stipule pas que je doive me soumettre aux tentatives de séduction du propriétaire.

— La soumission ne me paraît pas être un terme approprié en l'occurence. Nous avons à parler, Morgana.

— Nous n'avons rien à nous dire !

— Cessez ce petit jeu ! lança-t-il d'une voix dure. Vous n'avez pas la mémoire si courte !

— C'est bon, puisque vous insistez... Je n'ai besoin de personne pour me souvenir que j'ai failli commettre la plus grande sottise de ma vie, ce soir !

— C'est donc là votre conclusion ?

— En voyez-vous une autre ? répliqua-t-elle amèrement. A présent, laissez-moi seule ou je hurle assez fort pour réveiller tout le monde une seconde fois.

— Très bien. Mais notre discussion est seulement reportée. J'ai plusieurs choses à vous dire.

Morgana haussa les épaules.

— Rien ne m'oblige à les écouter.

— Petite furie ! gronda-t-il d'une voix sourde. Cessez donc de me punir ! Je ne suis pas responsable de cette interruption. La prochaine fois, je m'assurerai...

— La prochaine foi ?...

Une vague de colère la submergea.

— ... La prochaine fois ? répéta-t-elle en haussant le ton. Il n'y aura *pas* de prochaine fois, m'entendez-vous ? Je ne vous laisserai plus jamais me toucher ! J'ai perdu la tête, tout à l'heure, mais c'est terminé ! Je suis à nouveau en possession de tous mes esprits !

— Ah vraiment ? A vous entendre, on vous croirait plutôt au bord de l'hystérie ! Que voulez-vous au juste ? Prétendre que tout ceci n'est jamais arrivé ?

— C'est à peu près cela, en effet. A présent, vous feriez bien de retourner auprès de votre invitée. Elle doit se demander où vous êtes passé !

Morgana se rendit à sa chambre et s'assit sur son lit, les yeux perdus dans le vide. Prétendre qu'il ne s'était rien passé ! Si seulement c'était possible ! L'arrivée d'Elaine avait été une véritable bénédiction, en fait. Cela lui avait rappelé à temps qu'elle n'était pas la seule dans la vie de Laurent. Celui-ci voulait uniquement connaître une brève aventure avec elle. Et si elle avait pu se donner l'illusion du contraire, c'était bien fini, à présent.

Elle aurait voulu pleurer, mais elle se l'interdit. Elle avait encore des choses à faire, des tâches à accomplir. Il fallait mettre un pare-feu devant la cheminée, débarrasser le plateau du thé... Résolument, elle se leva et ouvrit la porte.

Le corridor était sombre, à l'exception d'un rectangle de lumière : la chambre d'Elaine. Celle-ci était debout dans l'encadrement de sa porte et levait les yeux vers Laurent. Elle lui souriait.

Comme Morgana, désarmée, les contemplait, Elaine prit Laurent par la main et l'attira dans sa chambre. La porte se referma.

Il faisait tout à fait noir, à présent. La jeune fille porta son poing fermé à ses lèvres pour étouffer un gémissement. C'était la fin du rêve. Minuit était passé et le charme était rompu pour toujours.

Elle descendit trop tard pour servir le petit déjeuner, le lendemain, mais sa mère écarta ses excuses d'un geste bienveillant.

— C'est bien naturel, ma chérie, après cette nuit agitée. Comment ai-je fait pour ne rien entendre ? C'est un véritable mystère ! Miss Meakins est très mécontente. Elle n'a pas pu fermer l'œil de la nuit à cause de toutes ces allées et venues, paraît-il... Tu es très pâle, ma petite fille, ajouta-t-elle d'un air soucieux. Ne veux-tu pas remonter te coucher ?

— Non, c'est inutile... Euh... Où est notre invitée inattendue, ce matin ?

— Elle prend son petit déjeuner au lit ! maugréa Elsa. Quelle idée ! Et avec du jus d'oranges fraîchement pressées, ma chère ! Elle l'a exigé !...

Morgana ne demanda pas où était Laurent. Elle ne voulait pas penser à lui, encore moins prononcer son nom. Elle avait passé des heures de véritable agonie, cette nuit, l'imaginant avec Elaine, dans ses bras...

— Si vous n'avez pas besoin de moi, je vais faire un tour à la ferme, annonça-t-elle précipitamment.

Sans attendre de réponse, elle sortit de la maison en enfilant sa veste.

Rob sortait des écuries au moment où elle arriva. Il s'arrêta net et la contempla d'un air de surprise ravie.

— Je ne m'attendais vraiment pas à vous voir ce matin ! s'exclama-t-il.

Morgana se força à sourire. Elle enfonça les mains dans les poches de sa veste.

— Rob, je suis venue vous dire... Je suis venue vous demander si vous parliez sérieusement, hier soir.

Il la dévisagea.

— Tout à fait sérieusement, Morgana.

— Bien. Dans ce cas, voici, Rob : j'accepte de vous épouser... Mais pas tout de suite ! ajouta-t-elle très vite en le voyant s'illuminer. C'est trop tôt... après la mort de mon père.

— Oui, bien entendu.

Le jeune homme essaya de se composer un air grave et compréhensif, mais il était radieux.

— ... Oh ma chérie ! Vous ne le regretterez pas un seul instant, je vous le promets !

Il l'enlaça, et Morgana ferma les yeux pour recevoir son baiser. Elle essaya d'y répondre, de transformer son affection pour lui en amour véritable, mais au plus profond d'elle-même, une toute petite voix lui demanda si elle faisait cela pour le rassurer ou pour se rassurer, elle, car elle ne ressentait rien.

Elle était simplement épuisée par les événements de la nuit précédente, voulut-elle se persuader, les choses s'arrangeraient... Quand Rob s'écarta enfin, à contre-cœur, elle essaya de sourire.

— Je... je dois partir. J'ai mille et une choses à faire à la maison.

Rob lui embrassa le bout du nez.

— Je passerai vous prendre ce soir et nous irons fêter cela ensemble, d'accord ?

— D'accord.

Elle n'avait pas envie de fêter quoi que ce soit, songea-t-elle sur le chemin du retour. Elle avait envie de pleurer. Elle se haïssait pour ce qu'elle venait de faire. Elle se servait de Rob, elle s'en servait comme d'un bouclier pour se protéger de son amour pour Laurent, de sa jalousie, de son désespoir. Elle était tombée amoureuse de Laurent, irrévocablement, et cette passion était condamnée à l'échec.

Avec Rob, ce serait différent. Rob était doux, aimable, tendre. Avec le temps, elle apprendrait à l'aimer, s'assura-t-elle résolument.

Morgana se glissa sans bruit dans la maison. Elle ne voulait voir personne. Tôt ou tard, il lui faudrait annoncer la nouvelle, mais pas tout de suite. Elle-même avait besoin de s'accoutumer à cette idée.

Par malchance, elle rencontra Laurent dans le couloir du premier étage.

— Avez-vous envie de discuter, ce matin ? lança-t-il.

— Tout dépend du sujet de conversation.

— C'est vous et moi.

— A votre ton, on nous prendrait pour un couple ! lança-t-elle d'un air détaché.

— N'en sommes-nous pas un ?

Il ne se doutait pas qu'elle l'avait vu avec Elaine, la nuit précédente... Morgana prit une profonde inspiration.

— Soyez le premier à en être informé, Laurent. Je suis fiancée !

— C'est faux !

— C'est vrai ! Rob m'a demandé de l'épouser hier soir, et j'ai accepté il y a une demi-heure.

— Vous allez vite en besogne ! gronda-t-il d'une voix méprisante. Hier soir vous fondiez dans mes bras et vous voici aujourd'hui sur le point d'en épouser un autre !

La main de Morgana s'abattit sur la joue du jeune homme. Terrifiée, elle se mordit la lèvre.

— Je réserve tous mes vœux à Rob Donleven, Fée Morgane ; il en aura besoin, avec une mégère comme vous !

Et il tourna les talons.

10

— Avec Rob ?...

Mme Pentreath, étonnée, scruta le visage de sa fille.

— ... Mais chérie, n'est-ce pas un peu précipité ?

Morgana sourit, dissimulant son dépit devant le manque d'enthousiasme de sa mère.

— Voyons, maman ! Nous sortons ensemble depuis déjà longtemps !

— Oui, bien sûr, seulement... Tu ne semblais pas sérieusement attachée à lui.

— Cette nouvelle n'a pas l'air de te réjouir. Tu paraissais pourtant le trouver sympathique ?

— Oh oui ! Oui, assurément, mais cela n'a guère d'importance. Ce sont tes sentiments qui comptent... En a-t-il parlé à ses parents ?

— Il doit le faire en ce moment même. Pourquoi ? ajouta-t-elle avec une note de défi. Crains-tu qu'ils ne s'y opposent ?

— Je ne me hasarderais pas à des suppositions ; tu les connais bien, d'ailleurs. Penses-tu être accueillie à bras ouverts ?

Morgana resta silencieuse un instant.

— J'épouse Rob, et non sa famille.

— Oui, sans doute, répondit Elizabeth sans conviction. Ma petite fille... Tu as eu beaucoup de soucis, ces derniers temps. Tu n'es pas très heureuse, je le sais, mais avec les années, tout s'arrangera. Ne prends pas de résolutions irréfléchies, tu pourrais les regretter plus tard.

— Je ne regretterai rien.

La réaction d'Elsa fut plus négative encore.

— Doux Seigneur ! soupira-t-elle en se laissant tomber sur une chaise. Tu dois avoir perdu l'esprit, c'est la seule explication !

— Elsa, protesta Morgana, très mal à l'aise, tu as toujours voulu me voir heureuse et bien établie. Et tu as vu un homme blond dans les cartes !

— Eh bien, ce n'était pas lui ! bougonna la servante. Et tu le sais, ma fille, ne dis pas le contraire !

Les lèvres de Morgana se mirent à trembler. Elle se détourna.

— Ça doit être lui. Il n'y a personne d'autre !

Tournant les talons, elle sortit précipitamment de la cuisine.

Etant donné la réaction de son entourage, la jeune fille ne pouvait pas s'attendre à voir les parents de Rob recevoir la nouvelle avec joie. Effectivement, ils se montrèrent polis, mais froids. L'expression crispée de Rob, le soir, était éloquente.

Les deux jeunes gens allèrent dîner dans un restaurant renommé de la ville. Rob insista pour commander du champagne. Ils rirent beaucoup, se portèrent des toasts, mais la soirée ne fut guère réussie. Ils avaient passé trop de choses sous silence, songea Morgana sur le chemin du retour.

Ce jour-là, elle ne pourrait pas repousser les avances de Rob sous prétexte d'être fatiguée. Elle avait accepté de devenir sa femme, et il exigerait des gages de sa promesse. Elle se soumit passivement à ses baisers. Par quelle étrange sortilège s'embrasait-elle au simple contact d'un homme quand les caresses les plus ardentes d'un autre la laissaient sans réaction ?

— J'ai changé d'avis, chuchota-t-il contre son oreille. Je veux vous épouser le plus vite possible !

— Voyons, Rob, protesta-t-elle gentiment, vous avez promis de me laisser le temps ! Je ne suis même pas habituée à être fiancée !

Le jeune homme poussa un long soupir.

— C'est bon, ma chérie, se résigna-t-il. Je saurai attendre.

Morgana entra sans bruit dans la maison. La porte du salon était entrouverte. Elle s'avança sur la pointe des pieds en entendant un murmure de voix et jeta un coup d'œil par l'entrebâillement. Sa mère bavardait paisiblement avec le major Lawson. Ils semblaient si bien ensemble qu'elle ne voulut pas les déranger.

Comme elle arrivait au pied de l'escalier, un craquement lui fit lever les yeux. Laurent descendait lentement à sa rencontre. Elle sentit sa gorge se nouer et son cœur se mettre à battre plus vite.

— Avez-vous passé une soirée agréable ? s'enquit-il poliment, observant ses cheveux bien coiffés et son visage calme. Vous ne semblez guère émue, votre « fiancé » est très sage ! ajouta-t-il avec insolence.

— Contrairement à vous, il ne confond pas l'amour avec le désir physique ! rétorqua-t-elle, les dents serrées. Rob n'est pas un animal !

— Dans ce cas, il devrait y réfléchir à deux fois avant d'unir sa vie avec un chat sauvage comme vous ! J'ai encore la marque de vos baisers sur l'épaule !

— Je ne vous crois pas ! fulmina-t-elle en rougissant d'indignation.

— Dois-je vous la montrer ? s'enquit-il avec son plus charmant sourire.

Déjà, il déboutonnait le col de sa chemise.

— Non !...

Elle jeta un coup d'œil nerveux par-dessus son épaule, se souvenant de la présence de sa mère et du major au salon.

— ... Oh ! Laissez-moi tranquille !
— Je ne vous touche pas.
« Mais cela n'y change rien », songea-t-elle, désespérée. Oh ! Combien de temps encore garderait-elle le souvenir des baisers de Laurent ? Quand cesserait ce tourment ?
— Avez-vous fixé la date du mariage ?
— Pas encore, mais le plus tôt sera le mieux.
— Vraiment ? J'aurais cru votre amoureux partisan des fiançailles de longue durée !
— Vous n'avez aucune raison de faire une telle supposition.
— Ah non ? De nos jours, attendre un an est bien long, me semble-t-il, même pour un homme aussi maître de ses instincts les plus vils !
— Pourquoi diable devrait-il attendre un an ?
— A cause d'un petit problème de contrat, répondit-il doucement en la fixant dans les yeux.
Morgana fut stupéfaite, mais elle n'en laissa rien paraître.
— Vous pouvez difficilement m'obliger à respecter ce contrat étant donné les circonstances, protesta-t-elle.
— Je puis vous y obliger en n'importe quel cas, ma chère, vous feriez bien de me croire !
Son sourire s'accentua. Il savourait son triomphe. La jeune fille haussa les épaules.
— Rob ne m'empêchera pas de travailler. C'est très courant à notre époque.
— Si j'étais vous, je n'en serais pas si sûr. De toute façon, le problème ne se pose pas. Vous devez rester célibataire pendant la durée du contrat.
— Vous ne pouvez pas ! Vous n'en avez pas le droit ! Du moment que je fais mon travail correctement...
— Mais je n'en ai aucune garantie ! Vous pourriez décider de prolonger votre lune de miel...
— Vous ne pouvez pas m'interdire de me marier.
— Ne me provoquez pas, Morgana. Je pourrais bien

décider d'aller trouver votre petit fiancé insipide et lui raconter comment vous occupez vos soirées !

— Il ne vous croirait pas !

Morgana s'était mise à trembler.

— A mon avis, si. Je saurais lui dépeindre une image convaincante.

— Vous êtes ignoble !

— On m'a déjà dit pire... J'aime gagner, Morgana. Je croyais vous l'avoir bien expliqué. Et souvenez-vous de ceci : tant que vous serez mon employée, vous n'épouserez pas Rob. J'ai d'autres projets pour vous, au cas où vous l'auriez oublié !

— Vous êtes abject !

— Vous vous répétez ! Bonne nuit, Fée Morgane. Dormez bien !

Morgana fixa l'étoile d'argent au sommet du sapin de Noël puis descendit de l'escabeau pour mieux contempler son œuvre.

Habituellement, à l'approche de Noël, elle se jetait corps et âme dans les préparatifs de la fête. Cette année, cependant, elle n'avait pas le cœur aux réjouissances.

Depuis six semaines, la maison était pleine d'ouvriers. On avait installé le chauffage central, révisé complètement l'installation électrique, et les travaux d'aménagement du grenier allaient bon train.

— Ah ! Le pouvoir de l'argent ! avait soupiré Elizabeth un jour. Quand je pense au mal que nous avions pour faire effectuer les plus petites réparations !

Morgana y pensait souvent, elle aussi, en voyant tant d'argent dépensé sans compter. Elle aurait voulu haïr Laurent, lui en vouloir de faire étalage de sa fortune, mais c'était impossible : en dépit de la poussière et du désordre causé par les travaux, Polzion acquérait peu à peu un confort encore inimaginable quelques mois auparavant.

Du reste, elle ne pouvait s'empêcher de se réjouir du bonheur de sa mère, tout à ses catalogues de papiers peints et de tissus d'ameublement.

Le nouvel appartement serait prêt pour Noël, leur avait-on promis. Morgana attendait ce moment avec impatience. Elle pourrait enfin s'isoler du reste de la maisonnée.

Ces dernières semaines, elle n'avait pas eu un instant à elle. Les ouvriers envahissaient toutes les pièces. Rob téléphonait ou passait chaque jour, en dépit de ses tentatives pour l'en dissuader. Si elle avait été vraiment amoureuse de lui, elle aurait accueilli avec joie toutes ces marques d'attention. En l'occurrence, c'était seulement un sujet d'irritation supplémentaire.

Miss Meakins était enfin partie. Elle ne pouvait plus supporter de déménager tous les deux jours. Morgana, pour être sincère, n'en avait éprouvé aucun regret. Le major, en revanche, ne parlait pas du tout de s'en aller. Il ne se plaignait jamais du dérangement causé par les travaux. La jeune fille le soupçonnait d'avoir une raison bien particulière de rester. Sa mère et lui avaient pris l'habitude de bavarder ensemble tous les soirs, après le dîner et, tout naturellement, ils s'étaient mis à s'appeler par leurs prénoms. Elizabeth était visiblement heureuse, et la fin de ses soucis financiers ne suffisait pas à expliquer son regard rayonnant. Elle-même, d'ailleurs, ne s'apercevait probablement pas de cette transformation, et Morgana s'abstenait discrètement d'y faire allusion.

Quant à elle... La jeune fille se mordit la lèvre. Sa vie lui était devenue insupportable. Depuis sa dernière querelle avec Laurent, celui-ci avait complètement changé d'attitude envers elle. Il se montrait froid et distant, s'adressait à elle comme à une employée... exactement ce dont elle avait toujours rêvé ! se disait-elle avec une ironie amère.

Le jeune homme séjournait à Polzion par intervalles.

Il disparaissait parfois pendant une ou deux semaines, puis arrivait sans prévenir, juste comme Morgana commençait à se détendre. Il était fréquemment accompagné d'employés de sa firme. La salle à manger se transformait alors en salle de conférences. Non, Morgana n'avait pas un instant de libre, et elle n'avait jamais été aussi malheureuse de sa vie.

Dans le travail, il se montrait exigeant et n'admettait aucune excuse. Mais la jeune fille ne pouvait se plaindre de subir un traitement particulier. Des secrétaires venaient parfois assister aux conférences, et il se comportait avec elles de la même façon, sinon plus durement encore. Parfois, le soir, elle était si fatiguée qu'elle avait tout juste la force de se coucher.

Et elle devait encore endurer sa présence en dehors des heures de travail. Elle ne pouvait pas aller rendre visite à Rob sans le trouver, lui aussi, à la ferme. Il y était d'ailleurs le bienvenu, remarquait-elle tristement.

Au moins, il ne lui faisait plus d'avances. Elle devrait en remercier Elaine : ils étaient devenus inséparables, tous les deux ! L'attitude de Rob ne faisait qu'aggraver les choses. Depuis l'annonce de ses fiançailles, il avait décidé de réconcilier les deux jeunes filles, au mépris de tout réalisme. Bientôt, Morgana serait à court d'excuses pour refuser les petites promenades à quatre qu'il ne cessait de proposer.

Parfois, elle se demandait si elle ne ferait pas mieux de lui avouer la vérité et d'en finir. Rob insistait pour lui offrir une bague de fiançailles, or elle repoussait constamment l'échéance. Elle ne pourrait pas l'épouser, elle le savait à présent. Elle ne pourrait jamais être malhonnête à ce point avec Rob.

Elle serait obligée de le faire souffrir. C'était inéluctable.

Si Elaine et Laurent se fiançaient, celui-ci accepterait peut-être de la libérer de son contrat. Elle partirait, elle ferait enfin les choses dont elle avait toujours eu envie... Mais en avait-elle encore envie ?

Elaine était vraiment déterminée à épouser Laurent, de toute évidence. Elle n'avait même pas pris la peine d'appeler Jimmy Templeton le lendemain de l'accident pour avoir de ses nouvelles. Elle consacrait tout son temps et toute son énergie à séduire Laurent. Quant à savoir si elle l'aimait, c'était une autre affaire. Peut-être les gens comme Laurent et Elaine n'avaient-ils pas besoin d'amour ?...

Allons ! Assez ! Si elle avait horreur d'une chose, c'était bien de l'apitoiement sur soi-même ! Elle ferait mieux de commencer à déménager ses affaires dans sa nouvelle chambre. La peinture des murs était sèche, à présent, ce serait une occupation utile et salutaire. Elle ne pourrait pas pleurer sur son sort en montant et en descendant les escaliers, les bras chargés de livres et de vêtements !

Morgana arriva tout essoufflée au grenier, une pile impressionnante de livres dans les bras... Laurent ! Il était là, et inspectait la pièce d'un œil critique.

— Oh ! s'exclama la jeune fille en laissant tomber ses livres sous l'effet de la surprise.

Laurent se baissa aussitôt pour les ramasser.

— Ne déménage-t-on pas d'abord les meubles, d'habitude ? Il est un peu tôt pour apporter vos affaires.

Elle ne pouvait guère lui dire : « J'avais besoin de m'occuper pour cesser de penser à vous ! » Aussi haussa-t-elle les épaules.

— Noël est une époque très chargée dans l'hôtellerie. Je n'aurai peut-être pas le temps de m'occuper de tout ceci à ce moment-là... Laissez, je vais les prendre, ajouta-t-elle en tendant la main pour récupérer ses livres.

— Je ne suis pas contagieux ! maugréa Laurent...

Brusquement, il changea d'expression.

— ... Où diable avez-vous eu ceci ?

Etonnée, Morgana suivit son regard.

— Oh ! Je ne sais pas au juste de quoi il s'agit. Je l'ai trouvée dans les malles de ma grand-mère, mais je n'ai pas pu l'ouvrir, la clef a disparu.

— Vous auriez pu briser la serrure ; une lame de couteau suffirait.

— Oui, sans doute, acquiesça-t-elle, si cela m'intéressait suffisamment.

— Je vous croyais fascinée par votre grand-mère et son histoire romanesque, Fée Morgane.

— Pas au point de forcer ses secrets, rétorqua-t-elle froidement.

— Vous avez peut-être tort.

Morgana fronça les sourcils, intriguée.

— A vous entendre, vous semblez connaître le contenu de cette mallette.

— Je le crois, en effet. Je serais très surpris s'il ne s'agissait pas de lettres d'amour.

— De mon grand-père, voulez-vous dire ?

— Non, du mien.

Il y eut un bref silence, puis la jeune fille explosa de colère.

— Comment osez-vous ! Insinuez-vous que ma grand-mère, *ma grand-mère,* avait une liaison avec Mark Pentreath ?

— Les choses ne sont probablement jamais allées aussi loin. Je dis simplement qu'ils se sont aimés et ils ont continué à s'aimer et à s'écrire jusqu'à leur mort... Je ne prétends pas être devin, Morgana. Mon grand-père possédait une mallette identique à celle-ci, pleine de lettres d'elle.

— Nos grands-pères se sont querellés à propos d'une femme, m'avez-vous dit un jour. Je n'ai pas pu le croire... Parliez-vous d'elle ? demanda lentement la jeune fille.

— Oui, c'était elle. Voyez-vous, mon grand-père l'avait remarquée bien avant cette maudite pièce de théâtre, mais il ne l'a pas demandée en mariage tout de suite. Il n'était pas riche, et ces choses-là comptaient à l'époque. Il est parti faire fortune aux Etats-Unis. En son absence, votre grand-père l'a rencontrée et il est tombé amoureux d'elle. Lui non plus n'était pas riche, mais il possédait Polzion. Il a réussi à convaincre votre grand-mère que Mark ne reviendrait jamais et a obtenu sa main.

— Et elle a appris la vérité ?

— Oui, bien sûr, mais il était trop tard. Quand Mark est revenu, elle était mariée. Il lui a demandé de partir avec lui ; votre grand-mère a accepté.

— Mais elle n'est pas partie ?

— Oh non ! Votre grand-père a tout fait pour l'en empêcher. Si elle le quittait pour Mark, il les suivrait jusqu'au bout du monde, l'a-t-il menacée. Il refuserait de divorcer, quelles que soient les circonstances, et il les pourchasserait tant et si bien qu'ils ne pourraient jamais s'installer et vivre paisiblement quelque part.

— Mon grand-père n'aurait jamais fait une chose pareille !

— Vraiment ? Vous l'avez connu, Morgana. Etait-il capable d'avoir un tel comportement ?

La jeune fille revit le vieux visage aux lignes dures, empreintes d'orgueil et d'amertume. Elle se souvint de ses colères terrifiantes.

— Oui, murmura-t-elle, il en était capable... Mais pourquoi ? Quelle satisfaction pouvait-il y trouver ?

— La satisfaction de son amour-propre, j'imagine. La femme qu'il avait choisie ne pouvait pas lui faire un tel affront. Qu'elle le veuille ou non, elle était à lui, et il l'a gardée.

Morgana resta longtemps silencieuse. Leur vie avait dû être un véritable enfer ; lui était sans doute partagé entre son désir de vengeance et la culpabilité, elle entre le désespoir et la peur...

— Et la femme de Mark, demanda-t-elle enfin, votre grand-mère ?

— Elle est morte quand mon père était encore un enfant. Ils n'ont pas été très heureux ensemble, je crois. Mark ne parvenait pas à se sentir chez lui, aux Etats-Unis, il se sentait exilé, spolié. Et il a transmis ce sentiment à mon père. Cela l'a marqué jusque dans sa vie d'homme... Voyez-vous, ma mère avait été fiancée avant de rencontrer Giles Pentreath, reprit-il d'un air sombre et mon père a toujours été persuadé qu'elle était restée secrètement amoureuse d'Arnold. C'était faux. Leurs familles avaient projeté un mariage entre ma mère et Arnold Van Guisen quand ils étaient encore trop jeunes tous les deux et n'avaient aucun penchant l'un pour l'autre. Bien des années plus tard, après la mort de mon père, ils se sont retrouvés et ont commencé à s'aimer. Leur mariage leur a apporté le bonheur ; c'est la raison pour laquelle j'ai accepté de prendre le nom d'Arnold lorsque celui-ci me l'a demandé. Le nom des Pentreath semblait prédestiné au malheur.

— Oui, en effet... Je suis navrée que Mark n'ait pas pu revenir à Polzion.

— Il en a énormément souffert. La perte du manoir se confondait dans son esprit avec la perte de son amour. Toute sa vie, il est resté un déraciné, errant de ville en ville, de maison en maison, sans jamais se fixer. Mon père en a fait autant, et pourtant, lui n'était pas né à Polzion.

— Et vous ?

Morgana pensait aux multiples maisons dont il avait parlé. Un appartement à Londres, une villa à New Heaven...

— Je leur ressemble un peu, moi aussi. Hériter de Polzion m'a procuré une réelle satisfaction, c'était la réparation d'une injustice. Mais je n'aimerais pas y vivre de façon permanente. Les gens comptent plus que les lieux pour moi. Si l'on vit aux côtés d'un être aimé, l'endroit où l'on n'est n'a plus aucune importance. Toutefois, vous ne devez pas partager cette conception. Vous êtes enracinée ici comme la bruyère dans la lande. Est-ce la raison pour laquelle Donleven vous attire ? Parce qu'il vous permettra de rester ici, accrochée au passé ?

Morgana sursauta devant cette attaque subite. Pendant quelques instants, elle s'était sentie très proche de lui, et à présent, un gouffre les séparait à nouveau.

— Cela ne vous regarde pas ! Je n'ai pas l'intention de vous parler de mes sentiments pour Rob !

— Je ne tiens pas à vous écouter me les exposer, railla-t-il. De toute façon, il n'y aurait pas grand-chose à en dire. Vos relations ne sont guère passionnées !...

Brusquement, il lui prit la main.

— ... Ne l'avez-vous pas pévenu, Fée Morgane ? S'il vous veut, il devrait apposer sa marque sur vous !

— C'est faux ! Je n'ai pas besoin d'une bague pour...

— Je ne parlais pas seulement d'une bague.

Ses lèvres scellèrent les lèvres de Morgana, étouffant sa protestation. Alors, malgré elle, elle s'agrippa à lui, se grisant de ses baisers, moulant son corps contre le sien.

— Tout est fini entre Donleven et vous ! Dites-le-lui, sinon je m'en chargerai ! murmura-t-il.

— Non !

Elle s'arracha à son étreinte et lui fit face, le souffle court, les yeux étincelants.

— Ne soyez pas absurde ! Vous ressemblez peut-être à votre grand-mère, mais rien ne vous oblige à répéter ses erreurs. Vous me désirez moi, et non Donleven.

— Je... je l'aime !

— Ne confondez pas votre attachement insipide pour lui avec ce que vous éprouvez pour moi. Je vous ai vue avec lui, ne l'oubliez pas.

— Et moi, je vous ai vu avec Elaine ! Vous voulez

me forcer à admettre que je vous trouve attirant ? C'est bon, je l'avoue, cela n'a rien d'un secret, d'ailleurs. Mais le désir physique ne suffit pas ! Je veux d'autres choses, du respect, de la tendresse, des sentiments dont vous ignorez tout ! Ce ne serait pas possible, Laurent, je finirais par me mépriser !

Elle était au bord des larmes. Le visage du jeune homme se durcit.

— Vous allez vraiment le faire, Morgana, vous allez imiter votre grand-mère, vous allez vous comporter lâchement à votre tour...

— Qui parle de lâcheté ?

— Moi ! Votre grand-mère aurait dû braver son mari, faire fi des conventions sociales pour suivre celui qu'elle aimait. Mais elle était lâche ! Et à cause de cela, elle a laissé se briser deux vies ! Mais je ne suis pas comme Mark, je ne resterai pas dans les parages à souffrir et à nourrir de rêves votre vie monotone en vous envoyant des lettres enflammées. Soyez lâche, Morgana, mais vous le serez toute seule !

— Je veux être seule ! s'écria-t-elle d'une voix brisée. La solitude vaudra toujours mieux que la douleur d'être à vos côtés !

Tournant les talons, elle s'enfuit. Le visage amer de Laurent hantait son esprit.

11

Morgana replia la dernière lettre et la rangea dans la mallette. Assise en face d'elle, sa mère était encore plongée dans sa lecture. La jeune fille poussa un petit soupir.

— Deux vies gâchées ! murmura Elizabeth en levant les yeux. Quelle tristesse !

— Je ne voulais pas y croire... Au moment d'ouvrir la mallette, j'espérais encore y trouver des recettes de cuisine, ou des modèles de tricot !

— Ma chérie, c'est de l'histoire ancienne, objecta anxieusement sa mère, pourquoi es-tu si bouleversée ?

— Eh bien, disons que je ne croirai plus à l'amour, répondit Morgana avec un rire triste.

— Voilà une affirmation bien curieuse de la part d'une jeune fiancée !... Que comptes-tu faire de ces lettres ? Les garder ?

Sa fille haussa les épaules.

— Tu as raison, c'est de l'histoire ancienne.

Se levant résolument, elle prit une pile de lettres et la jeta dans les flammes.

— Morgana ! Elles font tout de même partie des souvenirs de famille !

— Quels souvenirs de famille ? Il faut savoir affronter la réalité, maman chérie. C'en est fini des Pentreath. Polzion va devenir un centre de vacances et de conférences dès le Nouvel An, et Laurent n'a pas l'intention de vivre ici ni de porter notre nom. De toute façon, notre famille n'a rien de si admirable. Si le nom des Pentreath vient à disparaître, ce n'est peut-être pas un mal.

— Mais tu y attachais une telle importance ! Trop, même, parfois.

— Oui, c'était vrai... autrefois. Mais tout cela ne me concerne plus. Et d'ailleurs...

Morgana s'interrompit. « Les êtres comptent plus que les lieux », avait-elle failli ajouter...

— ... Et d'ailleurs, reprit-elle, je partirai bientôt d'ici.

— Pour te marier ?

— Non, je ne pensais pas à cela. Je vais chercher un travail, loin d'ici.

— Que dira Laurent ?

— Oh ! Il ne s'y opposera sans doute pas. Il... il s'est juste amusé à me faire danser comme une marionnette au bout d'un fil pendant quelque temps, c'est tout.

— Crois-tu ? demanda Elizabeth avec une grande douceur... Va-t-il... Quels sont ses sentiments à l'égard d'Elaine ? Est-il sérieux ?

— Je l'ignore, mais cela n'y change rien, de toute façon, il ne s'intéressait pas sérieusement à moi !

— Oh ! soupira sa mère, désolée. Et pourtant, il avait une façon de te regarder, parfois...

— C'était purement et simplement une attirance physique, maman... Non, je n'ai pas succombé, ajouta-t-elle en remarquant l'expression inquiète de Mme Pentreath. Bien ! J'ai déjà commencé à transporter mes affaires dans ma nouvelle chambre, je vais continuer !

En montant à l'étage, Morgana s'arrêta un instant devant le portrait de sa grand-mère. Pauvre fée Morgane ! Elle avait ensorcelé celui dont elle ne voulait pas, et elle l'avait regretté toute sa vie... Mais au moins, elle avait eu les lettres pour se consoler. « Et moi... moi je n'aurai rien. »

Ce soir-là, elle avait rendez-vous avec Rob pour aller boire un verre à la Taverne de Polzion. Elle se montra fort silencieuse, et le jeune homme finit par s'en irriter.

— Qu'avez-vous donc, Morgana ? Vous ne pensez tout de même plus à l'histoire de vos grands-parents ? Au nom du ciel, tout cela appartient au passé ! Je ne comprends même pas pourquoi Van Guisen a jugé utile de vous en parler.

— Sans doute savait-il que je voudrais connaître la vérité.

— De toute façon, vous ne pouvez plus rien y changer. Vous m'inquiétez, chérie, à tant vous soucier du passé. Vous devriez songer à l'avenir... à *notre* avenir. Quand m'autoriserez-vous enfin à annoncer officiellement nos fiançailles ? acheva-t-il en lui prenant la main.

Morgana fixait obstinément la table, incapable de soutenir le regard de son compagnon.

— Rien ne presse, n'est-ce pas ?

— Non, bien sûr, mais dans dix jours, ce sera Noël. Mes parents organisent une grande soirée de réveillon. Ce serait l'occasion idéale pour célébrer notre union, ne pensez-vous pas ?

— J'ai besoin de temps pour réfléchir, Rob, je vous l'ai déjà dit. D'ailleurs, Noël est toujours une période chargée pour nous.

— Allons donc, ma chérie ! répliqua-t-il d'un ton sceptique. Vous n'êtes pas vraiment envahis par les clients ! Et Van Guisen lui-même ne peut pas vous demander de rester à l'hôtel le soir de Noël pour le servir !

— Je ne connais pas ses projets, mais je doute fort qu'il veuille passer Noël à Polzion. Il a de la famille aux Etats-Unis, il tiendra probablement à passer les fêtes avec les siens.

— Pas si Elaine a son mot à dire ! sourit le jeune homme... Je n'ai décidément aucune envie de devenir le beau-frère de l'illustre M. Van Guisen, ajouta-t-il avec une moue. C'est un arriviste. Il a même envoyé un de ses comptables vérifier nos livres. Il doit vouloir s'assurer que nous sommes solvables... au cas où ce projet de vacances d'équitation se réaliserait.

— En avez-vous discuté ? Cela va-t-il aboutir ?

— J'en doute. Je me demande s'il n'envisage pas de racheter la ferme, en réalité. Mon père et lui discutaient du prix des bâtiments, l'autre jour.

— Votre père songe à vendre ? s'étonna-t-elle. Mais il aime tellement la ferme !

— Lui, oui, mais ma mère n'a jamais été très enthousiaste. Elle préférerait une maison plus proche de Londres. De toute façon, cela ne changera rien pour nous, ma chérie. Vous ne voudrez certainement pas rester aux environs de Polzion, n'est-ce pas ?

— Non, bien sûr...

Demain, elle parlerait à Laurent et lui demanderait de la libérer de son contrat. Elle devait absolument partir, le plus tôt possible...

Mais le jeune homme avait déjà quitté l'hôtel pour se rendre à Londres lorsqu'elle descendit le lendemain matin.

— Il sera de retour pour Noël, lui annonça sa mère.

Pour la soirée des Donleven, ajouta tristement Morgana en son for intérieur.

Quelques jours plus tard, Morgana travaillait dans le petit bureau quand elle sentit un regard posé sur elle. Levant les yeux, elle aperçut Elaine Donleven sur le pas de la porte.

— Oh ! Bonjour !

— Bonjour !

Elaine traversa la pièce et vint s'asseoir sur le rebord de la table où Morgana était installée. Quelques papiers voltigèrent et tombèrent, mais la jeune fille ne fit pas un geste pour les ramasser. Elle gardait les yeux fixés sur Morgana.

— Ma mère m'a demandé de passer, annonça-t-elle enfin. Elle est en train de dresser la liste des invités pour le Réveillon, et vous ne lui avez pas encore donné de réponse ferme.

— J'aurais été ravie d'accepter votre aimable invitation, affirma Morgana, malheureusement, ça me sera impossible. Une famille de dix personnes a téléphoné pour réserver la salle de restaurant et nous demander d'organiser un dîner de réveillon. On aura besoin de moi ici. Veuillez m'excuser auprès de votre mère, je vous prie.

— Je vois... Eh bien, vous faites sans doute pour le mieux.

— Oui, c'est sûrement votre avis, répondit Morgana avec un sourire doucereux.

Ostensiblement, elle se replongea dans son travail.

— Je ne suis pas la seule de cet avis, sourit Elaine. Mais j'avais assuré à Laurent que vous sauriez vous montrer raisonnable et ne pas gâcher la soirée.

— En quoi cela concerne-t-il Laurent ?

Morgana avait reposé son stylo et fixait Elaine dans les yeux.

— Oh ! Cessez de vouloir jouer à la plus fine avec moi ! Vous pouvez duper mon pauvre aveugle de frère, mais pas moi ! Vous êtes éperdument amoureuse de Laurent... Et il n'a jamais voulu cela, ajouta-t-elle avec un air de compassion méprisante. Toutefois, il a eu tort de vous pousser sur cette voie, il l'avoue lui-même !

— Il l'avoue à qui ?...

Le cœur de Morgana battait à tout rompre.

— ... A vous ?

— Sinon, pourquoi serais-je venue ? Ma mission ne me ravit pas, croyez-moi ! Je ne peux pas entièrement vous blâmer. Je ne vous aurais même pas reproché une brève liaison avec lui. Après tout, c'est chose courante, de nos jours. Mais vous êtes trop puritaine pour vous contenter de cela, n'est-ce pas ma chère ?

— Oui, sans doute.

« C'est un cauchemar, s'affirmait Morgana. Je vais me réveiller ! »

— En fait, si vous partiez immédiatement, ce serait une solution idéale pour tout le monde. Et ne vous inquiétez pas pour ce contrat ridicule. Laurent sera ravi d'y mettre un terme, puisque nous allons nous marier. Il commence à se lasser de cette petite plaisanterie. D'ailleurs, il n'avait jamais pensé que vous la prendriez si au sérieux.

— Je vous trouve ignoble, articula froidement Morgana.

Les yeux d'Elaine étincelèrent dangereusement mais elle se ressaisit aussitôt.

— Je suis une réaliste, ma chère, et en fin de compte, c'est cela que Laurent recherche chez une femme. Il ne s'intéresse pas du tout à vos grands rêves romantiques. Votre fougue l'a amusé un moment, c'est vrai, mais à présent, elle est devenue gênante... Et vous ne voudriez pas être une cause d'embarras pour lui, n'est-ce pas ?

Morgana se leva.

— Partez, à présent.

Elle luttait de toutes ses forces contre la rage et l'humiliation. Elle aurait voulu hurler, griffer le ravissant visage d'Elaine jusqu'au sang...

— Eh bien, nous avons eu une petite conversation tout à fait instructive, je crois ! déclara Elaine d'un ton satisfait.

Après le départ de la jeune fille, Morgana se laissa tomber sur sa chaise en tremblant. Laurent et Elaine riant ensemble... se moquant d'elle... Oh Dieu ! Elle posa la tête sur la table et se mit à pleurer, silencieusement.

En un sens, la colère de Rob fut presque un soulagement.

— Un dîner de réveillon ? Depuis quand l'hôtel Polzion accepte-t-il d'organiser des réveillons ?

— Depuis que j'ai accepté une réservation pour dix personnes, Rob ! répliqua Morgana.

— Oh ! Je trouve cette idée insupportable ! Si nous étions mariés, vous ne seriez pas obligée de servir des clients !

— Non, à la place je vous servirais ! essaya-t-elle de plaisanter.

— Mais je veux que vous veniez à notre soirée !

— Non, Rob, c'est peut-être préférable ainsi. Je... j'ai beaucoup réfléchi et... il ne me semble pas raisonnable de faire une annonce officielle tant que nous ne serons pas sûrs de nos sentiments.

— Je suis absolument sûr des miens ! Je veux vous épouser, Morgana, et le plus tôt possible !

— Ecoutez-moi donc, Rob ! Je ne suis pas prête... pas encore. Je... je voudrais partir quelque temps, me trouver un travail ailleurs...

— Vous partez ? Où cela ?

Le jeune homme était abasourdi.

— Je l'ignore encore. Mais j'aurais dû le faire depuis longtemps. Oh ! Je vous en prie ! Essayez de me comprendre !

— Je comprends, Morgana. J'ai essayé de fermer les yeux, j'ai refusé d'écouter ; mais c'est vrai, n'est-ce pas ? Vous êtes amoureuse de Van Guisen. Elaine a bien essayé de me prévenir, mais je ne voulais pas y croire.

— Taisez-vous, Rob ! C'est faux !

— Non, ça ne l'est pas. Elaine me l'a dit depuis le début. Vous n'avez jamais eu l'intention de m'épouser, vous vouliez seulement faire croire à Van Guisen que vous ne vous souciiez pas de lui. Elle me l'a dit ! répéta-t-il avec désespoir. Le niez-vous ?

Morgana resta longtemps silencieuse. Le moment était venu.

— Pas entièrement, avoua-t-elle gravement. Mais votre sœur vous a menti sur un point. Je voulais sincèrement vous épouser, Rob. J'espérais qu'avec le temps...

— Seigneur ! gémit-il, vous vouliez m'épouser quand vous en aimiez un autre ! Oh...

— Je suis navrée... Je n'ai jamais voulu vous faire de mal.

— Je ne tiens pas à savoir ce que vous vouliez, coupa-t-il, le visage défait. Et ne vous excusez pas. Je ne veux pas de votre pitié...

Il se leva et se dirigea vers la porte.

— ... Adieu, Morgana. Ne me demandez pas de vous souhaiter un joyeux Noël.

Cette nuit-là, la jeune fille ne dormit pas. Elle allait devoir apprendre à endurer les nuits blanches, songeait-elle, les yeux ouverts dans le noir. Elle avait bien mal traité Rob, et elle commençait déjà à en être punie.

Heureusement, on était l'avant-veille de Noël. Elle avait besoin de s'activer, de se surcharger de travail pour ne pas penser. Dès le matin, elle annonça à sa mère qu'elle avait rompu ses fiançailles avec Rob. Elizabeth contempla le visage pâle et tendu de sa fille et ne lui posa aucune question.

Elsa, elle, ne s'embarrassa pas de pareils scrupules.

— Ce n'est pas la fin du monde ! affirma-t-elle résolument.

Implacable, elle obligea Morgana à s'arrêter de travailler un moment et à avaler un café au lait crémeux avec une tranche de pain d'épice encore chaud.

— J'ai lu les cartes de ce Robert en l'entendant partir en claquant la porte, hier soir, reprit-elle. La Reine de Carreau l'attend... Cette petite Templeton, sûrement. Ce garçon-là ne t'a jamais été destiné, ma fille, crois-moi !

Laurent arriva en fin d'après-midi. Morgana était à la salle à manger, en train de décorer la table de dix couverts. Sentant une présence, elle se retourna : il était là, nonchalamment adossé au montant de la porte. Elle sursauta et lâcha un verre de cristal qui s'écrasa sur le plancher.

— Oh ! Regardez ce que j'ai fait par votre faute !

Laurent s'avança vers elle.

— Laissez cela ! lui ordonna-t-il. Vous allez vous couper les mains. Que vous arrive-t-il donc ? Vous semblez être dans tous vos états !

— Je suis dans tous mes états, répliqua-t-elle d'une voix tremblante. Excusez-moi, je vais chercher une pelle et une balayette.

— Vous feriez bien de prendre aussi un bon cognac ! Qu'est ceci ? ajouta-t-il en désignant la table.

— Nous recevons une famille de dix personnes pour le réveillon.

— Est-ce la perspective de les servir qui vous donne cette mine de papier mâché ?

Morgana détourna les yeux.

— Je suis désolée si mon apparence vous déplaît ; murmura-t-elle. Mais je ne resterai plus très longtemps.

— Et que suis-je censé comprendre au juste ? Je ne suis guère d'humeur à résoudre des énigmes, je vous préviens ! J'ai eu une journée éprouvante.

— Oh ! Comme c'est navrant ! Heureusement, vous allez passer une bonne soirée de détente.

— J'avais hâte d'y être, en effet, mais mon enthousiasme décroît de minute en minute ! Que diable vous arrive-t-il ?

— Je suis enfin devenue réaliste, voilà tout. Je quitte Polzion, Laurent. Quel préavis voulez-vous ? Une semaine ? Un mois ?

Le jeune homme resta impassible, mais Morgana sentit une colère froide monter en lui.

— Vous ne partirez pas.

— Vous ne pourrez pas m'en empêcher ! La plaisanterie est terminée, Laurent. Je pars !

— Et que devient votre délicieux fiancé ?

— Ceci ne vous concerne pas. Si je pars, c'est à cause de vous !

— Vous persistez donc dans la lâcheté, Fée Morgane ? Pourquoi n'essayez-vous donc pas d'être honnête avec vous-même pour une fois ?

— Oh ! Vous êtes un tel expert en honnêteté, n'est-ce pas ? Vous vouliez la vérité, la voici ! lança-t-elle d'une voix tremblante. Je vous hais et je vous méprise pour ce que vous avez voulu me faire. Vous êtes un grand séducteur, monsieur Laurent Van Guisen, mais je ne serai pas un nom de plus dans votre liste...

— Je ne tiens pas de liste...

— Non, bien sûr, ce serait trop long ! Vous avez un ordinateur pour cela ! Mais je n'y figurerai pas. Ah ! Dieu ! Pourquoi êtes-vous venu ici ? J'aurais voulu ne jamais vous rencontrer !

— Je partage entièrement votre désir sur ce point, gronda-t-il. Mais ne vous inquiétez pas, Morgana, vous n'aurez pas à quitter votre cher Polzion pour vous débarrasser de moi !

Elle le regarda tourner les talons et sortir de la pièce. Elle entendit la porte de sa chambre claquer.

Comme un automate, Morgana acheva de dresser la table, puis alla à la cuisine aider aux préparatifs du dîner. Sans savoir comment, elle parvint à servir les Barton, une famille sympathique et gaie, elle arriva à leur sourire, à les remercier de leurs compliments. Comme un automate, elle les raccompagna enfin jusqu'à la porte, de longues heures plus tard...

Au moment où elle allait monter dans sa chambre, la tête vide et les membres étrangement douloureux, le téléphone sonna. Elle décrocha.

— Petite peste ! lança la voix d'Elaine.

La jeune fille fut tentée de raccrocher aussitôt, mais le ton d'Elaine l'arrêta.

— Vouliez-vous seulement m'insulter ou désirez-vous autre chose ? demanda-t-elle froidement.

— Passez-moi Laurent. Je ne sais pas ce que vous lui avez dit, mais vous n'arriverez pas à vos fins.

— Je lui ai annoncé que je partais, répondit-elle, soudain très lasse.

— Menteuse ! Si c'était vrai, pourquoi retournerait-il aux Etats-Unis ?

— Laurent ? Mais non ! Du moins...

« Vous n'aurez pas à quitter votre cher Polzion pour vous débarrasser de moi... »

— ... Qui vous l'a dit ?

— Mon père. Apparemment, Laurent est passé ce soir. Il lui a appris son départ et lui a dit que ses avocats le contacteraient pour le rachat de la ferme. Mais cela ne se passera pas comme ça ! Allez le chercher, je veux lui parler.

— Un instant.

Morgana posa le récepteur et monta. Elle frappa à la porte de Laurent ; pas de réponse. Elle ouvrit. La chambre était vide, étrangement déserte. Le cœur serré, elle ouvrit les tiroirs, les placards... Rien. Avec un sanglot, elle courut en bas. Sa mère traversait le hall avec un plateau de thé.

— Maman ! Laurent est parti ! Sa chambre est vide ! s'écria-t-elle, haletante.

— Oui, ma chérie, répondit placidement Elizabeth. Il est parti pendant que nous servions le dîner. Il ne t'avait donc pas prévenue ?

Les yeux de Morgana étaient immenses dans son petit visage blême.

— Si, mais... enfin, je n'avais pas compris... je... A-t-il dit quand il reviendrait ?

— Non, mais il ne nous prévient jamais. Pourquoi, ma chérie ? Que se passe-t-il ?

— Rien, rien… Je vais sortir prendre l'air un moment, j'en ai besoin.

— C'est une bonne idée, ma petite fille.

C'était une nuit fraîche et claire. Morgana remonta frileusement le col de son manteau. Sans même réfléchir, elle avait quitté la route et grimpait vers le Rocher aux Vœux.

Le rocher n'avait pas bougé, cette nuit-là, bien des semaines auparavant, mais son vœu avait tout de même été exaucé. Laurent était parti ; elle aurait toute sa vie pour le regretter. Il ne reviendrait plus, elle le savait.

La jeune fille était fatiguée lorsqu'elle atteignit son but. Elle s'appuya contre le granit froid et ferma les yeux, essayant de retrouver son souffle.

La pierre était rugueuse contre sa joue. Morgana se mit à parler, lentement, à voix haute.

— Je ne voulais pas qu'il parte. Par pitié, faites qu'il revienne. Je vous en supplie ! Ramenez-le-moi.

Elle ne regarda pas la pierre. Elle n'osait pas. Si elle ne bougeait pas, son cœur se briserait. Sans un regard en arrière, elle posa le pied sur le sentier qui la ramènerait à Polzion, tout illuminé dans la nuit.

Alors Laurent parla, gentiment.

— Ce rocher est un charlatan, Fée Morgane. Si j'étais vous, je me fierais plutôt à mes propres sortilèges à l'avenir.

— Laurent ! Oh ! Laurent !

Avec un cri étranglé, elle fut dans ses bras ; elle frémit sous son long baiser passionné. Lorsqu'il s'écarta, longtemps après, elle leva vers lui des yeux incrédules.

— Mais que faites-vous ici ? Je vous croyais en route pour les Etats-Unis ?

— J'irai, mais avec vous. C'est vrai, j'ai quitté Polzion en claquant la porte. J'avais juré de ne plus y revenir avant de vous avoir forcée à avouer que vous m'aimiez autant que je vous aime. Mais en passant à la ferme, j'ai appris une ou deux petites choses, et j'ai décidé de retarder mon voyage.

— Qu'avez-vous appris? demanda-t-elle, le cœur battant.

— M. Donleven était persuadé d'avoir perdu sa fille... et gagné un fils, moi. Si Elaine avait réussi à convaincre son père que j'étais sur le point de l'épouser, elle en avait peut-être fait autant avec vous, me suis-je dit. Je me demandais aussi pourquoi vous aviez pris soin de ne pas m'annoncer votre rupture avec Rob. C'est pourquoi j'ai décidé de revenir et de vous forcer à m'écouter si besoin était.

Morgana baissa la tête.

— Elaine est venue me trouver, raconta-t-elle. Elle... elle savait que je vous aimais et d'après elle, vous en étiez très ennuyé : vous aviez seulement voulu avoir une brève liaison avec moi.

— Grands Dieux ! Et vous l'avez crue ?

— Je ne le voulais pas, mais... vous étiez toujours avec elle, et vous étiez son amant, balbutia-t-elle.

— Je ne suis pas, et je n'ai jamais été l'amant d'Elaine, affirma-t-il d'un ton catégorique.

— Laurent... Je vous ai vus ensemble, le soir de Halloween... Vous êtes entré dans sa chambre.

Il eut l'air stupéfait.

— Oui, en effet... L'ampoule de sa lampe de chevet avait grillé. Je l'ai remplacée et je suis reparti aussitôt. Comment avez-vous pu croire...

— Vos visites quotidiennes à la ferme.

— C'était pour vous observer, Rob et vous. J'étais atrocement jaloux. De temps en temps, je reprenais espoir en vous voyant nous lancer des regards malheureux.

— Je l'aurais volontiers étranglée ! avoua Morgana en riant. Mon Dieu !... Elle vous a appelé et je l'ai laissée en attente au bout du fil !

— Oh ! Elle a dû raccrocher, répliqua-t-il d'un air

insouciant. Oublions Elaine, ma chérie. Je veux vous épouser le plus tôt possible et... Morgana, accepterez-vous de me suivre autour du monde ? Je veux vous avoir à mes côtés jour et nuit. J'ai racheté la ferme, pour nos séjours futurs, mais supporterez-vous de quitter Polzion ? Je sais combien vous y tenez...

— Mais vous ne savez pas encore combien je tiens à vous, Laurent. J'irai avec vous, partout où vous le désirerez...

Elle lui noua les bras autour du cou et le contempla tendrement.

— ... Je souhaite seulement que vous m'aimiez, mon amour.

— Votre souhait est exaucé, murmura-t-il tout contre ses lèvres.

Au-dessus d'eux, la pierre oscilla légèrement. Mais ils ne la virent pas.

LE SCORPION

(23 octobre-21 novembre)

Signe d'Eau dominé par Pluton : Initiative.
Pierre : Obsidienne.
Métal : Fer.
Mot clé : Création.
Caractéristique : Courage.

Qualités : Puissance, et conscience de la puissance. Charme irrésistible. Les dames du Scorpion sont des ensorceleuses. Elles font fondre les cœurs.

Il lui dira : « Je vous aime, et c'est pour la vie. »

LE SCORPION

(23 octobre-21 novembre)

Mystérieuses elles-mêmes, les natives du Scorpion sont irrésistiblement attirées par l'étrange. Même si elles s'en défendent, les pouvoirs magiques, l'inexplicable exercent sur elles un attrait incontestable.

Peut-être n'est-ce pas un hasard si Morgana est un nom de fée ?...